theater book 018

獄窓の雪

帝銀事件

高橋いさを

論創社

獄窓の雪―帝銀事件―◉目次

獄窓の雪——帝銀事件——

［登場人物］

村田正子（銀行員／二二歳）

竹内（新聞記者／二九歳）

吉田（支店長代理／四四歳）
田中（銀行員／二十歳）
芳子（銀行員／十九歳）

トキ（正子の母／五十歳）
山田（弁護士／四五歳）
高木（検事／五二歳）
居木井（刑事／三八歳）

平沢貞通（画家／五七歳）

裁判長（声）

プロローグ

舞台はどこか牢獄を思わせる作り。
舞台後方の高い場所に窓があり、そこに鉄格子。
舞台上に机が一つ、椅子が三脚。
明かりが入ると舞台中央に一人の男が見える。
白髪の中年男――平沢貞通《ひらさわさだみち》。
平沢は机に向かい、絵筆で熱心に絵を描いている。
微かに波音が聞こえてくる。
と舞台四方に四人の男女が現れる。

吉田　「年齢四十四、五歳から五十歳、ゴム靴を履き、一見好男子で知識階級の人のようでありました。けれど、医師としてはちょっと手が武骨であるように感じました」――。

芳子　「年齢四十四、五歳。丈は五尺二、三寸。黒っぽいオーバー様の薄い外套《がいとう》を着ていました」――。

田中　「年齢四十四、五歳。丈は五尺二寸くらいの男でした。左腕に都の防疫班と文字の入った腕章をしていました」――。

正子　「年齢は四十四、五歳。丈は五尺三、四寸。頭は坊主刈りで前丈がちょっと伸びており、一見柔和な顔。上品な言葉使いは落ち着いていて、物静か。お医者様か消毒係の上に立つような人柄を持った上品な方でした」――。

と舞台の片隅に竹内が出てくる。

竹内　かろうじて一命を取り留めた四人の銀行員たちは、犯人の人相、特徴についてそのように証言した。

人々はその場を去る。

竹内　戦後間もない一九四八年一月二十六日。今にも雪が降りそうなその日、東京豊島区長崎にある帝国銀行椎名町支店で、前代未聞の強盗殺人事件が発生した。都の衛生局の人間を名乗る男が「近くで集団赤痢が発生した」と偽り、その予防薬と称して行員ら十六人に毒物を飲ませ、うち十二人を毒殺。その隙に銀行内にあった現金と小切手を奪い姿をくらませたのだ。世に言う「帝銀事件」である。

絵を描いている平沢。

竹内　事件が起こってから約半年後、捜査線上に浮かび上がった一人の男が逮捕される。テンペラ画家の平沢貞通――。これは、そんな男と図らずもこの出来事に関わることになった人々の物語である。

絵を描いている平沢。
それを見ている竹内。
と暗くなる。

1　村田正子

一九四八年（昭和二十三年）の三月。
東京都内にある村田正子の実家。
事件から約一ヶ月半後。
ドテラを羽織った軽装の正子が出てきて新聞を読む。
鳥のさえずり。
とそこへ母のトキ（和装）が花と花瓶を持ってやって来る。

トキ　ダメじゃない、寝てなくちゃ。
正子　熱は下がったみたい。
トキ　だからって起きてちゃまた上がるわよ。
正子　……。

花を生けるトキ。

トキ　ご飯、食べられるの？
正子　うん。

トキ　じゃあ、おいしいもん食べて精つけなきゃね。配給のお米、手に入ったから。
正子　ずいぶん優しいのね。
トキ　当たり前でしょ。こんなひどい目に遭ったんだもの。
正子　まあ。
トキ　明日だったわよね。
正子　え？
トキ　お寺のアレよ。合同でやる――銀行の人たちの四十九日。
正子　ええ。
トキ　喪服、あっちに出しといたからね。
正子　ありがとう。
トキ　無理しちゃダメよ。調子よくないなら行かなくてもいいんだから。
正子　そうもいかないわ。

鳥のさえずり。

トキ　でも、ほんとよかったわ。
正子　何が。
トキ　あなたがこうして生きててくれて。
正子　……。
トキ　戦争でお父さん。戦争が終わってあなたなんてことになったら、母さんどうなってたか――。

正子　……。
トキ　やっと戦争が終わってホッとしたら今度はこれ。ほんと、世の中どうなってるんだか。
正子　……。

正子、トキに新聞を渡す。

トキ　(見て)……これ。
正子　そう、犯人の顔。あたしたちが協力したヤツよ。
トキ　……。
正子　日本で初めてなんですって、こういうの作るの。なんて言うか知ってる?
トキ　いえ。
正子　モンタージュ写真――。
トキ　……あらヤだ。
正子　何よ。
トキ　似てると思わない?
正子　誰に?
トキ　お父さん。
正子　変なこと言うのやめてよ。
トキ　けど年格好はこんなもんよね。
正子　お父さんはこんなハンサムじゃない。
トキ　……。

トキ、新聞を放り出す。

トキ　こんなもん見たくもないわッ。
正子　……。
トキ　まったくどんなこと考えてあんなひどいこと。ほんと早く捕まってほしいわ。
正子　うん。
トキ　それにしても丁寧よね。
正子　何が。
トキ　わざわざお見舞いなんて。

と花を見て言う。

正子　協力してあげてるんだもの。そのくらいするわよ。
トキ　でも、高いわよ、これ。
正子　手伝うことないの、晩ご飯？
トキ　いいの、今日は。ゆっくり寝てなさい。
正子　……。
トキ　油断してると、また熱出るわよ。ほら、起きてないで、あっちで寝てて。
正子　もう大丈夫だって。
トキ　ダメ。あんたにもしものことがあったら母さんもう生きてけないんだから。

正子　……わかったわよ。

と行こうとする正子。

正子　母さん。
トキ　何？
正子　食事に誘われた。
トキ　え、誰に？
正子　お見舞いにその花、持ってきてくれた人。
トキ　さっき来た新聞社の――えーと？
正子　竹内さん。
トキ　へえ――また取材？
正子　知らないわよ。ただそうしたいんだって。行ってもいいわよね？
トキ　……そりゃまあ。
正子　じゃあ、決まったら言うね。

とその場を去る正子。

トキ　……。

トキ、花瓶を持って反対側に去る。

舞台の隅に出てくる竹内。

竹内　彼女の説明は後にする。事件発生後、警察当局は目白署に捜査本部を設置、この凶悪事件の捜査に懸命に当たった。物証が乏しい本件において捜査は難航したが、間もなく帝銀での犯行以前に似たような手口の未遂事件が二件あったことが判明する。一つは事件の前の年の一九四七年、品川にある安田銀行荏原《えばら》支店で――もう一つは事件があった年の年頭、新宿の三菱銀行中井支店で。その際、犯人が銀行に残した名刺の線から平沢貞通が浮上。物証は乏しかったものの、当局は北海道小樽に滞在中のテンペラ画家・平沢の逮捕に踏み切った。事件から約七ヶ月後の一九四八年八月二十一日のことである。

と竹内は去る。

2　面通しの結果

同年の八月二十三日。
警視庁の一室。
吉田（支店長代理）と芳子（庶務係）がいる。
隣室で「面通し」が行われている。
芳子はハンカチで額の汗を拭いている。
隣室から電話の音や人々のざわめきが聞こえる。

芳子　あの、一ついいですか。
吉田　うん。
芳子　ずっとわからなかったんですけど。
吉田　ああ。
芳子　あの人、テンペラ画家なんですよね。
吉田　ああ、それが？
芳子　テンペラって何ですか。
吉田　わたしもよくは知らないが、絵を描く時の——何て言うんだろう、技法だよ。卵とか使って。

芳子　卵？
吉田　ああ。テンペラとは混ぜるって意味だと思う。
芳子　へえ。
吉田　じゃあ「帝展無鑑査」もわからないか？
芳子　ハイ。
吉田　国の主催する展覧会に無条件で絵を出せるってことだ。
芳子　……つまり。
吉田　あの人は絵の世界じゃ大先生ってわけだ。

そこに田中（出納係）が戻ってくる。

吉田　ずいぶん時間がかかったな。
田中　すいません。ちょっと迷っちゃって。

とハンカチで手を拭いている。

田中　村田さんは？
吉田　結局、今日は来れないみたいだ。
田中　そうですか。
吉田　……。
田中　しかし、アレですよね。

吉田　うん？
田中　こんな風にやるんですね、面通しって。
吉田　何だ、何か不満でもあるのか。
田中　いや、不満って言うとアレですけど、ずいぶんあけすけだなあと思いまして。
吉田　あけすけ？
田中　だってそうじゃないですか。犯人と面と向かって座らされても困りますよ。動物園じゃないんですから。
吉田　何が言いたいんだ。
田中　だから、仕切りごしに見るとか、そういう配慮があってもいいじゃないですか。
吉田　じゃあ、刑事さんが来たらそう言えばいい。
田中　嫌ですよ。あの刑事さん、何か怖いですもん。なあ。
芳子　（うなずく）
田中　どう思われますか。
吉田　何が。
田中　何がって――あの男、テンペラの画伯《がはく》ですよ。

と隣室を示す。

田中　あいつですかね。
吉田　そう言う君はどうなんだ。
田中　はあ。似てるとは思います。けど――。

吉田　けど何だ。
田中　やっぱり――どうも、違うんじゃないか、と。
吉田　……。

とそこへ刑事の居木井《いきい》がやって来る。
目がギラギラした厳つい顔の男。

居木井　どうも、皆さん。お待たせして申し訳ありません。どうぞ、お座りください。

そこに高木検事がやって来る。

居木井　こちらは検察庁の高木検事です。
高木　高木です。
居木井　容疑者が起訴されると、この方が本件を担当しますので、今日は皆さんから直接、話をお聞きします。
高木　よろしくお願いします。（と一礼）

人々も一礼する。

居木井　では、お願いします。
高木　皆さん、今日は遠くまでご足労いただきまして誠にありがとうございます。今、見ていた

人々　ただいた通り、平沢は事件の容疑者です。皆さんは事件当日、犯人を見た唯一の目撃者です。ですから、あの男をこうして間近で見た結果、どのように思ったか――率直なところをお聞かせください。
高木　……。
吉田　いかがですか。あの男は帝国銀行へやって来た犯人ですか？
高木　よろしいでしょうか。（と手を挙げる）
吉田　どうぞ。
お恥ずかしながらまず言い訳をさせていただくと、いくら犯人と直《じか》に接したとは言え、半年も前のことです。確定的なことは何もお答えできないと。
高木　それは十分。その上での判断で構いません。
吉田　結論から言えば、わたしは――違うと思います。
高木　……。
吉田　もちろん、まったくの別人であるとは言えません。年格好は似ているとは思います。しかし――イエスかノーかと問われればノーと答えざるを得ません。
(資料を見て）吉田さんは事件直後の聴取で「手が武骨」と言っておられますが。
高木　ええ。
吉田　手は武骨ではなかった？
高木　ハイ、目で見た限りは――。
吉田　他のお二人はどうですか。
高木　はあ。
田中　よく考えて答えてください。あの男が犯人かどうか。
居木井

田中　わたしも吉田さんと同じです。どうも違うように思います。
居木井　……。
高木　どんな点が違うと？
田中　ここがこうとか言えないんですが——その、印象が。
高木　お嬢さんはいかがですか。
芳子　ごめんなさい。わたしは——わかりません。
高木　ということはあの男である可能性もあるということですか？
芳子　可能性——。
高木　そうです、可能性です。
芳子　可能性は——まあ、なくはないと。
居木井　似ていると？
芳子　そうは言ってません。ただ簡単には判断できないと。
居木井　……。
芳子　似ていないかと言うとそうではないし、似ているかと言うとそうでもないし——もちろん、あたしもハッキリとお答えはしたいんですけど、もともとあたし、記憶力に自信なくて、学校の成績もよくなかったですし——。
居木井　もう結構です。
芳子　すいません。
人々　……。
高木　つまり、ここにいる皆さんの総合的な判断では、あの男は犯人ではないと？
吉田　すいません。

田中　すいません。
芳子　すいませんッ。
高木　いや、これは謝るようなことじゃありません。（居木井に）そういうことだ。
居木井　……。
吉田　一つよろしいでしょうか。
高木　ハイ。
吉田　他の人たちも会ったんですよね、あの男に。
高木　他の人たち？
吉田　前の事件の——安田と三菱の事件の人たちも。
高木　ええ。
吉田　その人たちはなんて？
高木　……それは現段階ではお答えできません。
吉田　そうですか。
高木　今日はどうもありがとうございました。

人々、立ち上がる。

高木　思い違いということもあります。また何か思い出したら何なりとお声がけください。こちらもまた確認してもらうことがあるかもしれません。その折りにはご連絡しますので、なにぶんよろしくお願いします。
吉田　では、わたしたちはここで。

人々、部屋から出ていこうとする。

高木　あ、吉田さん。

吉田　ハイ。

高木　被害に遭われたもう一方《ひとかた》――えーと。

居木井　村田正子さんです。

高木　村田さんにもまたお出でいただくことになりますので、その旨、よろしくお願いします。

吉田　わかりました。

人々、その場を去る。

舞台に残る高木と居木井。

居木井　（不服そうに）……。

高木　何だ、そんな顔して。

居木井　いえ。

高木　残念に思ってるのは君だけじゃない。

居木井　はあ。

高木　しかし、あの人たちの証言は簡単には無視できん。

居木井　わかってます。

高木　もう一人の証人は今日はなぜ来てない？

居木井　詳しくはわたしにも。
高木　どんな理由があっても次はきちんと連れてこい。
居木井　わかりました。しかし――。
高木　しかし、何だ。
居木井　以前、北海道で撮った平沢の写真を彼女に確認させたところ。
高木　ああ。
居木井　よい返事はもらえなかったので。
高木　「違う」と？
居木井　だから今度も――。
高木　それでも連れてこい。直に見るのと写真じゃ印象も違う。
居木井　ハイ。
高木　……。
居木井　何か？
高木　いや――こりゃ案外、長引くかもしれんな。
居木井　……。

高木はその場を去る。
舞台に残る居木井。
舞台隅に竹内が出てくる。

竹内　「こりゃ案外、長引くかもしれんな」――高木検事のその言葉はこの事件のその後をよく暗示していたのかもしれない。「この男に間違いありません！」――そのように言い切る目撃者は一人もいず、面通しの結果は決して警察当局を喜ばせるものではなかった。当局の捜査官たちの心証も、平沢クロからシロへと傾きつつあった。しかし、そんな折りに平沢が過去に銀行を舞台にした詐欺事件に三件も関わっていたことが発覚。追及すると平沢はそれを認めた。こうして平沢は当局の厳しい追及を受けることになる。

竹内はその場を去る。

3　否認

警視庁の取調室。
同年の九月。
ガタンとドアの閉まる音。
舞台中央の椅子に平沢が座っている。
書類を持った居木井が平沢を尋問する。
この場面はリアルな取り調べを行うのではなく、いくぶん様式的に演じられる。

居木井　平沢貞通――年齢五十七歳。職業は画家。雅号は平沢大暲《たいしょう》。出身地は北海道小樽市。現住所は東京都中野区東中野。家族は妻と三人の子供。間違いないな。
平沢　ハイ。
居木井　お前にかかってる容疑はわかってるな。
平沢　ハイ。
居木井　帝銀の前の二件の未遂事件については知ってるな。
平沢　ハイ、別の刑事さんから聞きました。
居木井　安田銀行荏原支店で犯人が支店長に差し出した名刺。これは数少ない強力な物証の一つだ。
平沢　……。

居木井　名刺の主「厚生技官・松井博士」は実在する。お前は松井博士を知ってるよな。
平沢　ハイ、知ってます。
居木井　松井博士はお前の名刺を持っていた。
平沢　……。
居木井　去年の四月二十六日、お前は北海道から青森へ向かう青函連絡船で博士と会い、そこで名刺交換しているよな。
平沢　その通りです。
居木井　交換した博士の名刺はどこにある？
平沢　だからこの前言った通りです。なくしたんです。
居木井　「東京の電車内でスリに遭い、財布ごと盗まれた」――。
平沢　そうです。
居木井　言い訳としちゃ悪くない。一応、筋は通ってる。しかし、それがまったくのでたらめなら、お前は犯行の予行演習でそれを使うことはできたわけだよな。
平沢　そう言われても――事実は事実です。

居木井、位置を変える。

居木井　これが何だかわかるか？

と一枚の書面を平沢に渡す居木井。

平沢　（見て）……さあ。

居木井　犯行翌日の一月二十七日、犯人は安田銀行板橋支店で帝銀で奪った小切手を現金に換えている。その時に書いたもんだ。

平沢　……。

居木井　なかなか達筆だ。

平沢　……。

居木井　金額は一万七千四百五十円。金を引き出した男は「板橋三ノ三六六一後藤豊治《ごとうとよはる》」とそこに書いた。もちろん偽名だ。

平沢　……。

居木井　その筆跡とお前の筆跡はよーく似てるだろう。

平沢　……。

居木井　どう思う？

平沢　そう言われましても――。

居木井　九分九厘《くぶくりん》だ。

平沢　ハイ？

居木井　筆跡鑑定の結果、お前の筆跡とこの筆跡が同じだということが。

平沢　……。

居木井　鑑定人はこう言っている――（と書類を読む）「四十代から六十代の男で、中等学校以上の教育を受けたもの、しかも事務的な仕事、特に縦書きの字を書く仕事に熟練したものとみられ、その性格は落ち着きがあり、用意周到な性質を持つ」と。

平沢　……。

居木井　お前にぴったりじゃないか。
平沢　（苦笑する）
居木井　何だ。
平沢　お言葉ですが、乱暴すぎませんか。似たような文字を書く人間はこの世に何人もいます。それに四十代から六十代の落ち着いた性格の人間はわたしだけじゃない。（と書面を居木井に差し出す）

居木井、位置を変える。

居木井　事件があった一月二十六日のアリバイに関して。
平沢　……。
居木井　「国電で有楽町へ行き、丸ノ内の船舶運営会を訪ねました。目的はそこに勤める娘婿の顔を見ようと思ったからです。時間は午後一時くらい。娘婿には会えたが、忙しそうだったのですぐに辞去し、東京駅から国電で上野へ行き、松坂屋の地下で茶を飲み、御徒町《おかちまち》へ。娘婿の自宅を訪ね、四時半頃、そこを出て五時半に中野の自宅へ戻りました」――。
平沢　ハイ。
居木井　確かにお前はその日、有楽町の船舶運営会を訪ねてる。しかし、その後の足取りは証明できない。
平沢　家族に聞いてくれれば証明できるでしょう。
居木井　家族の言うことは証拠にならん。
平沢　そんな――。

居木井　お前はそこを出た後、池袋駅に来た。しかし、お前は御徒町ではなく、椎名町へ行く電車に乗ったんじゃないのか。
平沢　ちがいます。
居木井　家族以外にそれを証明してくれる人間は？
平沢　いませんよ、そんなのいるはず――。

居木井、位置を変える。

居木井　金の出所について。
平沢　……。
居木井　お前は事件の後、大金を持っていたよな。
平沢　ハイ。
居木井　帝展無鑑査のテンペラ画家の大先生も芸術家の常――金には困っていた。
平沢　……。
居木井　合計十三万四千円。
平沢　……。
居木井　帝銀から奪われた額にはちょっと足りないが、大金であることに変わりはない。
平沢　……。
居木井　この金はどこから手に入れたんだ？
平沢　金屏風を売った金です。
居木井　誰に売ったんだ？

平沢　前から付き合いがある花田卯造《はなだうぞう》という人です。
居木井　花田卯造？
平沢　ハイ。
居木井　お前のパトロン――元海運会社の社長。
平沢　そうです。
居木井　しかし、残念ながら花田氏は去年死んでる。
平沢　……。
居木井　死人に口なし――残念だったな。
平沢　絵を売ったのはそれだけじゃない。
居木井　と言うと？
平沢　清水――清水虎之助という人です。
居木井　何者だ、そいつは？
平沢　小岩に住んでるパトロンの一人です。
居木井　なあ、平沢。でたらめを言っちゃダメだよ。
平沢　でたらめじゃないッ。
居木井　こっちでもそのへんを調べてみたんだがな。そんな人間はいないんだよ。
平沢　……。
居木井　いない人間からどうして金がもらえるんだ？
平沢　……。
居木井　本当は違うんだろう？　本当は銀行から奪った金なんだろう？
平沢　言いたくありません。

居木井　言いたくない？
平沢　ハイ。
居木井　なんで？
平沢　言いたくないから言いたくないんだッ。
居木井　ふざけるな！

と平沢の胸倉を摑む居木井。

居木井　吐けッ。そうすりゃ楽になるんだッ。
平沢　違う、わたしじゃないッ。信じてくれッ。

ともみ合う二人。
高木が出てきてそれを止める。
平沢を連行する居木井。
舞台隅に竹内が出てくる。

竹内　次々と露《あらわ》になる状況証拠の数々――平沢の置かれた立場は限りなく不利だった。連日、朝から深夜までに及ぶ捜査官たちの執拗な尋問に耐え兼ねた平沢は合計三回の自殺未遂さえ起こした。また、そんな取り調べの劣悪な環境の中で、平沢の供述内容は日によってめまぐるしく変わった。捜査官たちの心証は次第に平沢クロに近づいていた。平沢には、かつて狂犬病の予防注射の後遺症として残った空想・虚言癖があったことも取り調べの過程をややこしいものにした。

竹内はその場を去る。

4　正子の証言

日比谷公園。
同年九月半ばの夕刻。
カラスの鳴き声――。
正子が出てくる。
誰かを待っている体。
そこへ手ぬぐいを手にした竹内がやって来る。

竹内　あーお待たせしました。わざわざすいません。みんなは？
正子　そこの駅で別れました。
竹内　そうですか。ご苦労様でした。
正子　……。
竹内　あ――座りませんか。
正子　はあ。

竹内はハンカチを出してベンチに敷く。

正子　ありがとう。
竹内　どういたしまして。

正子、そこに座る。

竹内　九月になってもまだ暑いですね、毎日。
正子　ええ。

竹内、何となく手持ち無沙汰。

竹内　（脇の匂いを嗅いだりする）
正子　……ふふふふ。
竹内　何ですか。
正子　お一人暮らし？
竹内　はあ。なんでですか。
正子　シャツ、ちょっとアレ（汚れてる）してるから。
竹内　あ、臭いますか。すいません。
正子　ふふふふ。
竹内　いやあ、むさ苦しい野郎ばかりの職場なんで、なかなか見栄えまで気が回らなくて。
正子　大変ですね。
竹内　けど、やり甲斐はありますから。

正子　どんな？
竹内　どんなって――まあ、そりゃいろいろ。
正子　そうよね。真実を追及する仕事ですものね。
竹内　そう言うと聞こえはいいけど、現実はライバル出し抜くためにあっちこっち嗅ぎ回るハイエナみたいなもんですよ。
正子　この間はご馳走様でした。とっても美味しかったです、あんみつ。
竹内　え、ああ――いえ、そんな。

カラスの鳴き声。

正子　竹内さん。
竹内　ハイ。
正子　お話をする前に一ついいですか。
竹内　何でしょう。
正子　竹内さんはあの人が犯人だと思ってるんですか。
竹内　まだ何とも。けど、火のないところに煙は立たないわけですから。
正子　相当に疑わしい？
竹内　わたしの聞いたところによると状況証拠は限りなく――黒い。
正子　けど、本人は認めてないんですよね、アレしたこと。
竹内　ええ。
正子　……。

竹内　で、本題なんですが、どうですか？
正子　……。
竹内　あの男に会った印象は？
正子　これ、記事になるんですか。
竹内　内容によっては。
正子　……。
竹内　けど心配しないでください。あなたに迷惑がかかるような書き方は絶対にしません。
正子　……。
竹内　お願いします。

正子、立ち上がる。

正子　これは刑事さんたちに言ったことです。
竹内　ええ。
正子　あの人じゃないと思います。
竹内　……違う？
正子　ええ。
竹内　……。
正子　今までたくさんの人の顔を見せられました。それはもう何百と。
竹内　……。
正子　そんな中で考えると、決して似てないわけじゃない。けど感じが出ない。ピンとこないん

竹内　です。
正子　……。
竹内　一度でも会ったことがある人なら、目がどうの鼻がどうの言う前に、全体の感じからピンとくると思うんです。
正子　しかし、そうは思えない、と？
竹内　ハイ。
正子　……。
竹内　帝銀以外の場所であの人を見た人の中には「あの男に間違いない」って言う人もいるらしいけど。
正子　……。
竹内　あの日、犯人はわたしのちょっと向こうの席で吉田支店長代理と話してました。その時、あたし思い出したんです。
正子　何を。
竹内　死んだ父のこと。
正子　……。
竹内　だから、その人見ながら父のこと思い出して――観察したって言うか。
正子　……。
竹内　その後です、みんなが集まって薬を飲んだのは――。

竹内、手帳を見る。

竹内　犯人はみんなを集めてこう言った――「これから薬の飲み方を教えます」と。
正子　ハイ。
竹内　そして、あなたたちは湯呑で薬を一気に飲んだ。
正子　……。

正子、胸が詰まって涙が溢れてしまう。

正子　ごめんなさい。あの時のこと思い出すと――何か怖くて。
竹内　わかりました。どうもありがとう。
正子　すいません。
竹内　いえ、無理ありません。
正子　……。
竹内　こっちこそ、不躾《ぶしつけ》なことをいろいろ。ほんとすいません。
正子　……。
竹内　送っていきます。
正子　会社に戻るんでしょ。わたしは一人で大丈夫。

正子、お辞儀してその場を去る。

竹内　生き残った四人の銀行員の中で、村田正子の証言が一番ハッキリしていた。彼女はその後、一貫して「犯人は平沢ではない」と主張する。もちろん、記憶とは非常に曖昧なものだということはわたしもわかっているつもりだ。けれど、彼女は犯行が行われたその日、閉店間もない午後三時半頃、犯人を間近で目撃し、それればかりか青酸化合物の毒薬を飲まされた張本人なのだ。それでも平沢を犯人と決めつけて果たしてよいのか？　――しかし、事件は意外な展開を辿る。

竹内はその場を去る。

5 自白

同年十月半ば。
東京拘置所の面会室。
舞台中央の椅子に平沢がいる。額に絆創膏。
平沢の傍らにはスーツ姿の男——山田弁護士がいる。
山田は机の上に分厚い資料を山積みにしている。
雨——。

山田　では、あなたが検事にしゃべったことをわたしがまとめたものを読みます。
平沢　……。
　　山田は平沢が認めた事件のあらましを読む。
山田　「その日、午後三時間半頃、わたしは腕に都の防疫班のマークが入った腕章をつけ『東京都衛生課の局員・厚生省技官・医学博士』を装い、豊島区長崎にある帝国銀行椎名町支店を訪れました。銀行の者に支店長の所在を問うと支店長は不在だというので、代わりに支店長代理の吉田という男と面会しました。吉田に身分を名乗り、銀行内へ案内してもらいました。そして、わたしは『実は長崎一丁目の相田という家の前の井戸を使用している四人の住民が集団赤痢に感染し、その事実がGHQに報告され、現場を訪れたところ、その四人の中の一人と同居している人間が今日、この銀行に来たことがわかった。そのため皆さんに赤痢の予防薬を飲んでもらいたい』と申し出ました。吉田は事情を理解してそれを快諾し、小使《こづかい》の滝沢りゅうに指示をして湯飲みを用意させ、行内にいる行員十二名、八歳の男児を含む小使の家族四名を行内の一角に集めました。人々はわたしを取り囲むように立ち並びました。わたしは持参したニッケル・メッキの入れ物から薬の入った瓶を二つ取り出し、『わたしが今から薬の飲み方を教えます。この薬は大変強いので、歯に触れると琺《ほう》瑯《ろう》質を痛めるので、舌を歯の前に出して薬を包み、できるだけ喉の奥に流しこむようにして一気に飲んでください』と注意してから、一つ目の瓶からゴムがついたピペットで液体を吸引した後、実演してそれを人々に見せました。続けて『次に一分くらいしてから、このセコンドの薬を中和剤として飲みます』と説明し、二つ目の大きめの瓶を示しました。わたしは第一の薬を人数分の湯飲み茶碗に約0・5ccずつ入れ、促すと人々はそれらを手に取りました。『どうぞ』とわたしが号令すると、人々は茶碗をぐいと傾け、薬を飲み干しました。その後、第二の薬を求めて人々が茶碗をわたしに差し出すと、数人の人々が『熱い!』『苦しい!』と悲鳴を挙げるに至り、行員の一人の『水を飲んでもいいですか』という問いにわたしがうなずくやいなやバタバタと水飲み場へ急ぎました。この間、わたしは元にいた席で人々の姿をじっと見守っておりました。人々が薬による効果で悶絶し、苦しんでいる最中、わたしは近くの机の上にあった未整理の現金十六万四千四百円と額面一万七千四百五十円の小切手を手に取り、持参した鞄に押し入れ、そのまま銀行から逃走しました」――。

調書を閉じる山田。

山田　これがあなたの犯行時における自供内容ですね。
平沢　ハイ。
山田　内容に誤りはありませんか？
平沢　概《おおむ》ね――。
山田　概ねじゃ困るんです。どんな細かいことでも間違っている点があるならそう言ってもらわないと。
平沢　……。

雨――。

平沢　（雨足を見て）……。
山田　平沢さん――。
平沢　前の先生は下りられたんですよね。
山田　ハイ？
平沢　弁護士の先生です、わたしの裁判の。
山田　そうです。
平沢　こう言うとアレですが、よくわかります。
山田　何がですか。

平沢　誰も好き好んでやりたくないでしょう、こんな極悪人の弁護なんて。
山田　……。
平沢　奥様やご家族は反対なさったんじゃないですか。
山田　……。
平沢　ハハハハ。その顔は図星ということですかな。
山田　平沢さん。
平沢　ハイ。
山田　年末には裁判が始まります。
平沢　ハイ。
山田　あなたがどういうつもりかわかりませんが、わたしはあなたの弁護人の一人として最善を尽くすつもりです。

平沢　……。
山田　だから、わたしにだけは本当のことを言ってください。
平沢　……。
山田　尋問は毎日？
平沢　ええ。
山田　朝から晩まで？
平沢　ハイ。
山田　体調は？
平沢　余り眠れません。
山田　その傷は？（と額を示す）

平沢　……。
山田　刑事が暴力を？
平沢　自分でぶつけたんです、取調室の壁に。
山田　……。
平沢　自分でもよくわからないんですが、急にそういう気になる時があるんです、ここにいると。
山田　平沢さん。
平沢　ハイ。
山田　違うなら反論してもらって構いませんけど、この自白は警察に強要されたもんじゃないですか？
平沢　……。
山田　いや——今、答えたくないなら急ぎません。しかし、わたしはそう思って公判へ臨むことはわかっていてください。

雨——。

山田　（時計を見て）時間です。また来ますのでよろしく。

と資料を片付けて行こうとする山田。

平沢　山田先生。
山田　ハイ。

平沢　戦争中、兵隊として外国へ出征した絵描きの話です。
山田　ええ。
平沢　どこもかしこも食い物がないくらいだ。絵を描く材料なんて何もない。
山田　……。
平沢　そんな戦地で彼らはどうしたか知ってますか？
山田　いいえ。
平沢　飯盒《はんごう》のフタに釘を使ってガリガリ絵を描いたそうです。
山田　……そうですか。
平沢　ここに閉じ込められて以来、わたしが毎晩、夢に見てることがわかりますか。
山田　さあ、何でしょう。
平沢　……。
山田　「無実を晴らして早く外に出たい」――？
平沢　いや、絵が――絵が描きたいんです、思う存分。
山田　……。
平沢　そりゃわたしも人間です。人並みに欲もあります。女房や娘に会いたい、美味いもんが食いたい、ゆっくりと眠りたい。
山田　……。
平沢　けど、絵筆を取り上げられてよーくわかりました。
山田　……。
平沢　失《な》くさないと、人間、何が本当に大切なのかわからないもんですな。
山田　……。

平沢　……。

山田　ならまた絵を描いてください。裁判で無実を勝ち取って。

平沢　……。

山田　（外へ）接見、終わりましたッ。

山田、その場を去る。
反対側に去る平沢。
舞台隅に竹内が出てくる。

竹内　平沢が犯行を認めたことにより、新聞各紙には未だかつてないくらい特大の文字で「平沢自白！」の文字が躍った。それまで平沢犯人説に懐疑的だった新聞各紙の論調も一気に平沢有罪の色を強めた。世論は裁判を待つことなく平沢に「帝銀事件の犯人」の烙印を押した。そんな風潮が支配するその年の十月、検察側は自白を最大の証拠として、平沢貞通を強盗殺人罪で起訴することに踏み切った。

と竹内は去る。

6　証言の変化

同年の十月後半の夜。
都内にある山田の弁護士事務所の一室。
風が吹いていて窓枠がガタガタ鳴る。

山田（声）　どうぞ、こちらへ。狭くて申し訳ありませんが、どうぞ。

と声がして山田が入ってくる。
続いて吉田、田中、芳子、正子。
前景の装いと違い、みな冬着である。

山田　さ、どうぞ。お掛けになってください。寒かったら言ってください。すぐにお茶持ってきますから。

山田は一度、去る。
人々、思い思いの場所へ。
田中は風邪を引いていて、マスクをしている。

田中　（咳き込む）
正子　大丈夫ですか。
田中　すいません。

芳子、興味深く部屋を見回す。

吉田　何だい？
芳子　資料がいっぱい。
吉田　弁護士事務所だからな。物珍しいか？
芳子　ハイ。
吉田　確か君はまだ——。
田中　十九です、来月二十歳《はたち》に。
吉田　じゃあ、こういうこともいい社会勉強ってわけだな。
芳子　まあ。

そこへ山田がお茶がのった盆を持って戻ってくる。

山田　どうもお待たせしました。今日は事務所の人間がみんなもう帰ってしまって。

山田、お茶をそれぞれに配る。

人々、口々に礼を言い、茶をもらう。

山田　今日はご足労いただきありがとうございます。改めまして、わたくし今度の裁判で被告人の弁護をします山田と申します。よろしくお願いします。

人々　（軽く一礼する）

山田　この度のこと、大変な思いをされたと思います。心からお見舞い申し上げます。また、度重なる警察へのご協力もご苦労様でございます。

人々　（一礼して）……。

山田　裁判に際し、重要な証人である皆さんにいくつか確認しておきたいことがありまして、こうしてわざわざお時間を作っていただいた次第です。

人々　……。

山田　被害に遭われた皆さんにとっては、殺してやりたいくらい憎い人間のことかもしれませんが、裁判で判決が言い渡されるまでは被告人は無罪です。どうか、冷静にお話しくださることをお願いします。

人々　……。

山田　じゃあ、さっそくですが始めさせていただきます。いくつかわたしが質問しますので、お答えください。

人々　（うなずく）

山田　お聞きしたいのは、皆さんが検察官にしゃべった証言内容に関してです。

人々　……。

山田　わたしが知る限りだと、当初、皆さんは被告人に対して確定的な証言をしておられないの

吉田　ですが、間違いありませんか？
山田　そうですね。
田中　田中さんも、阿久沢さんも？
芳子　ハイ。
山田　（うなずく）
正子　唯一、否定的な証言をされたのが村田さんで、村田さんは平沢が自白して起訴された後も、一貫して「平沢は犯人じゃない」と主張しておられる。
山田　（うなずく）
人々　で、当方としてお尋ねしたいのは、その後、村田さんを除く皆さんがなぜ「よく似ている」という風に考え直すに至ったのか——そのへんのところをお聞きかせ願えれば、と。
山田　……。
吉田　どうでしょうか。
山田　だいたいそんな話だろうとは予想してましたが、そんなことをあなたに説明する義務はわたしたちにはないと思いますが。
もちろん義務はありません。しかし、被告人を弁護する上で、皆さんの証言は非常に重要です。なぜなら、直接的に犯人の顔を見ているのは皆さんしかいないからです。もちろん、未遂事件における証言者をはじめ、複数の目撃者は存在します。しかし、それらの証人の証言よりも、皆さんの証言は重さが違います。
人々　……。
山田　ですから、こうして非公式な形でお話を伺いたいと思ったわけです。
人々　……。

田中　あの――。（と手を挙げる）
山田　ハイ。
田中　あなたはあの男が犯人じゃないと思ってるんですか。
山田　……。
田中　自白してるんですよね、本人が。
山田　そうです。
田中　じゃあ、あのテンペラ画伯がやったってことでしょ。
山田　そうは言い切れません。
田中　なんで？
山田　連日、刑事たちに追い込まれて、虚偽の自白をした可能性があるからです。
田中　キョギ？　嘘だって言うんですか。
山田　（うなずく）
田中　そんな馬鹿な――。

風で窓枠がガタガタと鳴る。

山田　いかがですか？

芳子と田中は吉田を見る。

吉田　そう思ったからですよ、それ以外答えようがない。

山田　そう思ったというのは、具体的にはどういう点ですか？
吉田　最初は違うと思いました。けど、何度も何度も警察に呼ばれて、あの男に対面させられて――。
山田　何か気づいた、とか？
吉田　後頭部の生え際、目付き、唇の薄い点、顔の輪郭、そっくり返る態度――そういうことがだんだんと積み重なって確信に近づいたんです。

山田、メモを取る。

吉田　態度ばかりは何度か会わないとわからない。
山田　……田中さんはいかがです？
田中　検事さんにも言いましたけど。
山田　もう一度、お願いします。
田中　支店長代理と似てますけど、目と口元、顔の輪郭、落ち着いた点――あ、それと話しぶりと声が。（と咳き込む）
山田　ゆっくりしゃべってもらって構いません。

山田、メモを取る。

田中　最初、面会した時はわからなかったんですけど、この前、しゃべってるところを聞かせてもらったんです。その声が薬の飲み方を説明した時のそれとよく似ていて――。（と咳き

込む）

正子　（田中に茶を飲ませる）阿久沢さんは？
山田　ごめんなさい。
芳子　謝らないでください。別に責めてるわけじゃありませんから。
山田　わたし、兄に言われたんです。
芳子　お兄さん？
山田　「わからない」とかじゃなくて、しっかり証言しろって。
芳子　……。
山田　わたしの兄、地元の警官なんです。白黒ハッキリしないとすごく怒る人で。
芳子　じゃあ、あなたの場合は「似ている」という根拠は乏しいわけですね。
山田　ハイ。
正子　……村田さんは「違う」ということでよろしいですね。
　　ハイ。

風で窓枠がガダガタ揺れる。

田中　（咳き込む）
吉田　もういいでしょうか。田中くんもアレですし。
山田　わかりました。話していただいて助かりました。（田中に）具合が悪いのにほんとに恐縮です。

人々、バラバラと立つ。

山田　申し訳ありません。村田さんだけちょっとよろしいですか。
正子　……ハイ。
吉田　行こう。
芳子　お茶、ご馳走様でした。
田中　(咳き込む)

吉田、田中、芳子はその場を去る。
舞台に残る山田と正子。
風で窓枠がガダガタ揺れる。

山田　まったく建てつけが悪くて——困ったもんです。
正子　はあ。
山田　残っていただいたのは他でもありません。
正子　ハイ。
山田　正式に弁護側の証人として出廷をお願いします。
正子　証人？
山田　ええ。あなたがこれまで言ってきたことを法廷で証言してください。
正子　……。

山田　もちろん、ご心配するお気持ちも察します。
正子　……。
山田　何せ、弁護するのは「世紀の大悪党」とされる人物です。
正子　……。
山田　ちょっと大袈裟かもしれませんが、「そんな人間を庇うとは何事だ！」――世論の非難の矛先があなたに向く可能性もあります。
正子　……。
山田　しかし、真実はただ一つです。
正子　……。
山田　脅すわけではないですが、有罪となれば平沢は死刑です。
正子　……。
山田　どうですか、引き受けてもらえますか？
正子　（うなずく）
山田　ありがとう。

と正子の手を握る山田。

山田　よろしくお願いします。
正子　みんなの前では言いにくいから言いませんでしたけど。
山田　何ですか。
正子　あの人たちの証言が変わったのは、無理ないのかもしれません。

山田　と言うと？
正子　あの人があの恐ろしい事件の犯人なら——みんな安心するもの。
山田　……そうですね。
正子　……。
山田　「とんでもないことに巻き込まれたもんだ」——そう思ってますか。
正子　ハイ。
山田　わたしもです。ハハハハ。
正子　ハハハハ。
山田　……またご連絡します。
正子　ハイ。

と外で「ごめんください」という声がしてドアを叩く音。

山田　（外に）はーい。

正子、お茶を片付ける。

山田　そのままでいいですよ。
正子　銀行じゃこれもあたしの仕事なんです。
山田　ありがとう。

山田、その場を去る。
正子、お茶を片付けてからその場を去る。
舞台の隅に出てくる竹内。

竹内　ここで彼女のことを少し話す。彼女——村田正子は東京生まれの二十二歳。太平洋戦争が始まった一九四一年、彼女は十五歳の女学生。戦争中は戦闘機の部品作りをしていたという。東京大空襲があった三年前、空襲で父を亡くした。彼女の父親は区役所の職員で、釣りと鉄道が大好きだったと聞く。生きていれば平沢と同じくらいの歳だった。そう言えば、平沢にも二人の娘がいる。彼女たちはいったいどんな思いで父の行く末を見つめていたのだろう?

と竹内は去る。

7　吉田の来訪

同年の十二月初旬。
正子の実家。――夜。
トキに案内されて吉田がやって来る。

トキ　どうぞ、こちらへ。
吉田　お邪魔します。あ、これ召し上がってください。実家から送ってもらったものです。
と紙袋（蜜柑）を差し出す吉田。
トキ　それはご丁寧に、こんな貴重なもの。じゃあ、ありがたく。
と押し頂くトキ。
吉田の着ていたコートをもらうトキ。
トキ　すぐに帰って来ると思いますので、ちょっとお待ちください。

トキは一度、去る。

吉田　すぐに行きますんでお構いなく。
トキ（声）　そんなことおっしゃらずに。
吉田　英語とおっしゃいましたか？
トキ（声）　ハイ？
吉田　娘さん、村田くんです。
トキ（声）　ええ――まあ。
吉田　今時は先生には事欠かないですからな。（と苦笑）
トキ（声）　まったくねえ。

トキが茶を持ってやって来る。

吉田　アメリカ人ですか。
トキ　そうなんです。
吉田　知らなかった、村田くんがそんなことしてるなんて。
トキ　好きらしいんですよ、あっち（外国）の音楽が。だから勉強したいなんて。
吉田　ちょっと前なら叱られそうですが、今は大手を振って習えますよ。
トキ　ほんとにねえ。
吉田　いただきます。（と茶を飲む）
トキ　あの、何かありましたでしょうか。

吉田　ハイ?
トキ　いいえ、支店長さんがわざわざこんな――。
吉田　代理です、まだ。
トキ　あ、そうでしたか。でも似たようなもんじゃないですか。
吉田　まあ。
トキ　あの娘が何か――?
吉田　……。

と「ただ今ッ」という声がして正子がやって来る。
英語の教科書などを持っている。

吉田　今晩は――すまないね、休みの日に。
トキ　これいただいたのよ、お礼言って。
正子　それは――ありがとうございます。
トキ　ほら、そんなとこにつっ立ってないで、ここ座りなさい。

と正子を座らせる。

吉田　いや、ちょっと近くまで来たもんだから。
トキ　じゃあ、ごゆっくり。
吉田　あ、お母さんもいてください。

トキ　え——そうですか。
吉田　お母さんも一緒に話を聞いてもらった方がいい。
トキ　……。

トキも正子の近くに座る。

吉田　実はちょっと聞いておきたいことがあってね。裁判のことだ。
正子　裁判——。

とトキと顔を見合わせる。

吉田　ああ。
正子　裁判がどうかしましたか。
吉田　君は弁護側の証人として法廷に立つという話を聞いたが、本当か？
正子　ハイ。
吉田　やはり、そうか。（と茶を飲む）
正子　それが何か——。
吉田　一つお願いがある。
正子　ハイ。
吉田　やめてくれないか。
正子　……？

吉田　法廷で証言するのをやめてくれないか。
正子　なんでですか。
吉田　あの男はわたしたちの同僚を殺したとんでもないヤツだ。そんな男を守っていったいどうする？
正子　……。
吉田　もちろん、君には君の意見があるのは理解してるつもりだ。
正子　……。
吉田　しかし、よく考えてくれ。あいつは警察に「自分がやった」と自白してるんだ。これ以上の証拠がどこにある？
正子　……。
吉田　銀行としても一刻も早く犯人を特定して、しかるべき罰を与えてほしい。
正子　……。
吉田　支店長も同意見だ。
正子　……。
吉田　どうだ、わたしの言うことを聞いてくれるか？

正子、立ち上がる。

トキ　正子――。
正子　残念ですけど――お応えできません。
トキ　……。

吉田　なぜだ？
正子　わたしが証言するのを引き受けたのは、あの人を庇いたいからじゃありません。
吉田　じゃあ何だ。
正子　それが真実だからです。
吉田　……。
正子　わたしだって犯人を殺してやりたいのは一緒ですッ。あいつは嘘をついてわたしたちに毒飲ませてお金を奪ったんですよッ。そんなヤツ許せるはずないじゃないですかッ。
吉田　……。
正子　けど――あの人じゃない。それとこれとは関係ないことです。

黙ってしまう人々。

吉田　それが君の答えなんだな。
正子　（うなずく）
吉田　……。
正子　すいません。（と頭を下げる）
吉田　わかった。

吉田、立ち上がる。

吉田　夜分にお邪魔しました。

トキ　ちょっとお待ちを。

吉田　（止まり）……。

トキ、蜜柑の袋を持って来る。
そして、それを吉田に返す。

吉田　何ですか。

トキ　わたしは蜜柑が大好きです。

吉田　……。

トキ　けれど、わたしも娘と同じ意見です。だから、これは受け取れません。

吉田、それを受け取る。

トキ　（コートを渡して）お気をつけて。

吉田　おやすみなさい。

とその場を去る吉田。
舞台に残るトキと正子。
お茶を片付けるトキ。

トキ　（玄関の方へ）てやんでいっ。一昨日《おととい》来やがれぇ！（とふざける）

正子　……。
トキ　ハハハハ。
正子　（泣き顔で）……。
トキ　なんて顔してんのよ。
正子　だって――。
トキ　いいの、何も言わなくて。母さんはあなたを信じてるわ。
正子　……。

正子、トキの胸に飛び込む。
トキ、正子を抱き締める。

トキ　大丈夫。こんなことであなた辞めさせるようなトコなら、さっさと辞めて別の仕事、探しなさい。
正子　うん。
トキ　さ、お風呂、入って。さっぱりして嫌なことみんな忘れちゃえばいいのよ。

トキ、正子を押してその場を去る。
舞台の隅に竹内が出てくる。

竹内　たぶん――たぶん想像できなかったと思う。この日、拘置所の一室で、来たるべき裁判に備え、眠れぬ夜を過ごしていた平沢は、同じ十二月の夜、これから自分の裁判で弁護側の証人として法廷に立つこの若い女が、どんな思いで母親と抱き合っていたかを。また、蜜柑を抱えて寒い夜の道を苦々しい思いを噛み締めて歩いた吉田支店長代理のことを。

竹内は去る。

8 真犯人

前景と同じ頃。夜――。
居木井の家の近くの神社の一角。
犬の鳴き声。
ドテラを羽織った居木井がやって来る。
続いて竹内。

居木井 ここでいい。
竹内 すいません、家まで押しかけて。
居木井 何年あんたら相手に仕事してると思ってんだ。これに限ったことじゃねえよ。
竹内 はあ。
居木井 けど、今、ガキが具合悪くてな。嫁さんに余計な気、遣わせたくねえんだ。
竹内 ああ――。（と理解）
居木井 ここじゃちょっと寒いが、うちのモンにゃ聞かせたくねえ話にちげえねえからな。
竹内 ええ。
居木井 ふふふふ。聞いたぜ。
竹内 ハイ？

居木井　熱心に仕事してるわりにゃあ、あんたもやることやってんだな。
竹内　何のことですか。
居木井　とぼけんなよ。

と小指を出す居木井。

居木井　ま、なかなかの器量だし、何より若えもんな。
竹内　……。
居木井　まったくいいよなあ、色男は。

と竹内の肩に手を回して顔を近づける。

竹内　やめてくださいッ。

とそれを振り払う。

居木井　で、どうなんだ。
竹内　何がですか。
居木井　あの女とどこまでいってんだ?
竹内　質問するのはこっちです。
居木井　そうか——そうだったな。ハハハハ。

犬の鳴き声――。

居木井　で、何が聞きてえんだ。

竹内　居木井さんの率直な意見を聞きたいんです。

居木井　……。

竹内　平沢を逮捕したあなたから――平沢は本当に犯人か、どうか。

居木井　……。

竹内　どうですか。

居木井　決まってんだろ。ヤツが本ボシだ。

竹内　そう思う根拠は？

居木井　数えきれねえほどあるよ。名刺、筆跡、アリバイ、金の出所――あいつがやってねえなら
その一つ一つをちゃんと説明できるだろう。

竹内　……。

居木井　なのになんで説明できねえんだ？

竹内　……。

居木井　あの野郎、でたらめばっかり言いやがって。あいつはとんだ大嘘つきだ。

竹内　でも、平沢が大嘘つきなら、犯行を認めたことだって嘘だってことにならないですか？

居木井　ハハハハ。そう来るか。

居木井、じっと竹内を見つめる。

竹内　何ですか。
居木井　あんたがここに来たわけは大方わかってるよ。
竹内　え？
居木井　あんたは俺にこう聞きてえんだろ？
竹内　何を――。
居木井　「平沢を拷問して無理やり自白させたんじゃないですか？」――。
竹内　……。
居木井　じゃあ、俺から尋ねるが、拷問って何だ？
竹内　……。
居木井　殴ったり蹴ったり脅したり――そういうことやって口を割らせることか？
竹内　そうです。
居木井　あんたはそう言うが、俺に言わせりゃそりゃ拷問と呼ばねえんだな。
竹内　……。
居木井　愛情表現だ。
竹内　……。
居木井　ハハハハ。冗談だよ。そんなこと書かないでくれよ。
竹内　……。
居木井　言っとくが、あんたの想像してるようなひでえことはしてねえよ。

犬の鳴き声――。

竹内　聞きたいことはそのことじゃありません。
居木井　何？
竹内　今年の六月まで警察は平沢以外の線で捜査してましたよね。
居木井　……。
竹内　理由は犯行に使われたのが青酸化合物とされる薬物だからです。
居木井　……。
竹内　しかも、犯人は手慣れた手つきでそれを扱い、銀行員たちに飲ませてる。そんなもんを扱えるのは素人じゃない。
居木井　……。
竹内　警察は軍部の防疫関係者に的を絞った。そして、捜査線上に「七三一部隊」の関係者が浮かび上がった――。
居木井　(見て)……。
竹内　そんな時、ＧＨＱから捜査継続を中止せよと命令が出た。
居木井　……。
竹内　捜査は振り出しに戻らざるを得なかった。そんな時、防疫や軍とはまったく無関係な一人のテンペラ画家が現れた――。
居木井　だから何だ。
竹内　……。
居木井　だから、平沢は真犯人の身代わりとしてでっちあげられた犯人だとでも言うのか。
竹内　……。

居木井　ハハハハ。ま、仮説としゃ面白えが、じゃあ、あんたの言う真犯人ってのはいったい誰だ？
竹内　……。
居木井　それが特定できねえ限り、誰が何を言おうがどうしょうもねえだろう？

犬の鳴き声。

居木井　あんたが何を想像しようが勝手だが、俺の意見に変わりはない。
竹内　……。
居木井　このヤマのホシは平沢だ。
竹内　……。
居木井　第一、そんな幻追いかけて、こいつが迷宮入りにでもなってみろ。世論は黙っちゃいねえ。
竹内　……。
居木井　いつまでもこんなとこにいると風邪引くぜ。

と行こうとする居木井。
そして、戻ってきて小指を出す。

居木井　彼女によろしくな。（震えて）うー寒ィ。

とその場を去る居木井。

舞台に一人残る竹内。

竹内　「七三一《ななさんいち》部隊」――戦争時代、帝国陸軍は中国の満州国ハルピン郊外に「関東軍防疫給水部本部」という名の施設を抱いていた。部隊長だった細菌学の権威・石井四郎中将《ちゅうじょう》の名前に因《ちな》んで「石井部隊」とも呼ばれるこのセクションは、生物兵器の開発、中国人をはじめとする捕虜たちに薬物を使った残酷な人体実験を行ったことで知られる。帝銀事件における犯行の手際の鮮やかさから、捜査当局が当初、この事件の容疑者として防疫に関する専門家を想定していたのはものの道理である。実際、平沢の逮捕以前は、七三一部隊の軍医中佐が犯人と目されていた。しかし、その人物は事件の後、死亡していたことがわかり、いつの間にか捜査線上から消える。

竹内は去る。

9　検事の思い

同年の十二月半ば。
間もなく裁判が始まるある日の深夜――。
検察庁の高木検事の部屋。
高木が何かを食べながら資料を読んでいる。
とノックの音。

高木　ハイ、どうぞ。

とそこに山田が入ってくる。

山田　すいません、お忙しいところ。ちょうど近くまで来たもんですからご挨拶だけしとこうと思いまして。

高木　それはわざわざ。どうぞ、お掛けになってください。

山田　すぐお暇《いとま》しますから。

高木　まあ、そんなこと言わずに。

と椅子を勧める。

山田　あ、すぐ帰るのでお茶は――。
高木　じゃあ、代わりにこれを。

とチョコレートを出して差し出す。

高木　チョコレートです。あ――闇市じゃないですよ。知り合いの進駐軍の兵隊からもらいました。
山田　じゃ遠慮なく。

チョコレートを食べる二人。

山田　（部屋を見て）ハハ。
高木　何ですか。
山田　いや、さすが東京地検の建物だ。わたしの事務所とは月とスッポンです。
高木　そんなことは全然。運よく空襲からは免れたが、いろんなとこにガタが来て。早く建て替えてほしいもんです。

山田、窓から外を見ている。

高木　ひどいもんですよね。
山田　ハイ？
高木　地裁ですよ、そこから見える。
山田　ああ――。
高木　あんな見掛けじゃほとんど貧乏長屋だ。
山田　ほんとに。
高木　ま、東京はどこもかしこもこんなもんだが、仮にも我が国の司法の砦があんなんじゃねえ。
山田　出された判決にも重みがない――。
高木　まったくその通り。ハハハハ。
山田　ハハハハ。

山田、高木に向き直る。

山田　裁判――弱輩者ですが、お手柔らかにお願いします。

と頭を下げる。

高木　こちらこそ。

と高木も頭を下げる。

高木　何か奇妙ですな。
山田　ハイ？
高木　甘いもん食べながらこういうのは。
山田　まったく。
高木　……。
山田　では、わたしはこれで。

と行こうとする山田。

高木　せっかく寄ってもらったんだ。いいじゃないですか、もう少し。
山田　はあ。
高木　これから同じリングで殴り合う相手だ。少しは仲良くしといた方がいい試合になる。
山田　お邪魔でなければ。
高木　いつでしたっけ。
山田　ハイ？
高木　前にご一緒したのは？
山田　かれこれ十年になりますか。
高木　そんなに前になりますか。
山田　ハイ、よく覚えてます。
高木　あれは確か――。
山田　高井戸の子供殺し――。

高木　そうそう、父親が娘殺したヤツでしたな。
山田　ハイ。
高木　ひどい事件だったが——懐かしい。
山田　ええ。

椅子に座る高木。

高木　実は前からあなたと話がしたかったんですよ。
山田　はあ。
高木　いや、裁判の手の内を明かすのは互いに控えましょう。しかし、立場は違え、同じ人間を相手にしてるのは同じです。
山田　そうですね。
高木　どうですか、テンペラの先生は？
山田　元気にはしてますが、どうにもこうにも手を焼いてます。
高木　ほんとにねえ。
山田　……。

高木、窓から外を見る。

高木　もうすぐですね、新しい刑事訴訟法による裁判が始まるのは。
山田　そうですね。

高木　それに異論はない。戦争が終わって新しい時代が来る。それと足並み揃えて司法も変わるべきだとわたしも思います。
山田　ええ。
高木　従来のアレ（刑訴法）は、容疑者の自白が重要視されるのに対して、新しいそれはそうじゃない。何より重要なのは客観的な証拠です。
山田　（うなずく）
高木　自白か、証拠か――この事件はそんな狭間で起こった事件です。
山田　……。
高木　だから、審議の成り行きがまったく読めない――そう思いませんか。
山田　ええ。
高木　果たして、裁判長はどちらの言い分に与《くみ》するか？
山田　……。
高木　そうそう、この一週間かけて、被害者のご家族と面会しました。
山田　ご苦労様です。
高木　初めてですよ、一つの事件でこんなにたくさんの遺族と会ったのは。
山田　確かに――。
高木　今から目に見えるようです。
山田　何がですか。
高木　法廷が彼らの怒りと悲しみでいっぱいになるのが。
山田　……ええ。
高木　あ、すいません。わたしばかりベラベラと。

山田　いえ。
高木　お引き止めして申し訳ない。ちょっと誰かとしゃべりたかったんです。

山田、立ち上がる。

高木　下までお送りしましょうか。
山田　いえ、結構です。

山田、ふと窓から外を見る。

高木　何か？
山田　古臭い貧乏長屋もいつかは壊されて新しく建て替えられる。
高木　……。
山田　裁判のやり方も早くそういう時代になってほしいとわたしは願ってます。
高木　そうですね。
山田　チョコレート、ご馳走様でした。

と一礼してその場を去る山田。
それを見送る高木。
舞台の隅に竹内が出てくる。

竹内　高木検事の言う通りだった。この事件の裁判は、戦後、アメリカに占領された日本が、新しい時代に相応《ふさわ》しい様々な制度を模索する中、古い制度と新しい制度のまさに過渡期に起こった事件だった。そんな過渡期の最中、高木検事に「貧乏長屋」と評された東京地方裁判所で、平沢の裁判は行われたのだった。第一回公判――それは波乱の展開を予想させる出来事で始まった。

と裁判長の声が聞こえる。

裁判長（声）　被告人は前へ。

と平沢が舞台上に出てくる。
その左右に山田と高木。
裁判長を見上げる平沢。

裁判長（声）　被告人は今、検察官が読み上げた起訴状を聞いていましたね。
平沢　ハイ。
裁判長（声）　以上の点で何か間違いはありますか。
平沢　……。
裁判長（声）　どうですか？
平沢　違います。わたしはそんなことをしていません。わたしは係官の取り調べにより、催眠術にかかったように自分がその犯人だと思いこまされ、ついに自ら犯人になって死刑にしてもらおうと思ったのであります。真実、わたしは帝銀事件の犯人ではありません！

ざわめきに包まれる舞台。
法廷に傍聴人の怒号が響く。

裁判長（声）　静粛にッ。静粛に――。

平沢、立ったまま動かない。
それを見ている竹内。
ざわめきの中、舞台は暗くなる。

10　母の思い

年が明けて一九四九年一月初旬。
正子の実家の居間。昼——。
小鳥のさえずり。
トキと正子が酒とつまみを用意している。
隣室から「チン」と真鍮のリンを鳴らす音。
そこへ竹内が戻ってくる。

トキ　ありがとうございます、いろいろ。
竹内　とんでもない。
　竹内に酒を注ぐ正子。
トキ　これ、食べてください。
　とつまみを示すトキ。

竹内　ほー筑前煮ですか。一人暮らしじゃなかなかありつけない。
トキ　たくさん召し上がれ。
竹内　恐縮です。――じゃあ遠慮なく。

と食べる竹内。

トキ　どうですか。
竹内　んー最高です。あ、これ、もしかして、これ正子さんが?
トキ　だといいんですけど、この子、料理はてんで。
正子　そんなことないよ。得意なもんだって――。
竹内　何が得意なんですか。
正子　目玉焼きとか。
トキ　目玉焼きは料理って言わないの。
竹内　ハハハハ。
トキ　さ、どうぞ、お酒も――。

と日本酒の熱燗を勧める。

竹内　お父さん、釣りがお好きだったんですね。
トキ　ハイ?
竹内　魚拓《ぎょたく》って言うんですよね、あっちの部屋に。

竹内、隣室を示す。

トキ　ああ——そうです。
正子　あれ釣り上げた時、あたしも一緒だったんですよ。
竹内　へえ。
トキ　竹内さんはおやりになるの、釣り？
竹内　全然。
トキ　じゃあ趣味とかは？
竹内　仕事仕事でそう呼べるもんは何も。
トキ　活動写真、お好きなんじゃないの？
竹内　まあ、好きってほどでもないですが。
正子　今度、一緒に見に行くのよね。『酔いどれ天使』——黒澤明の。
竹内　うん。
トキ　そりゃ仲がおよろしいことで。

正子と竹内、視線を合わせて照れたりする。

トキ　ふふふふ。こういうの「災い転じて福となす」って言うのかしらねえ。
竹内　ハイ？
トキ　いいえ、去年、この子があんなひどい目に遭ってほんとに悲しい思いしましたけど。

竹内　ええ。
トキ　そのおかげでこの子はあなたと――。
竹内　はあ。
トキ　犯人は憎いけど、こういうきっかけをくれたと思うなら、それはそれでねえ。
竹内　そうかもしれません。
トキ　竹内さん。
竹内　ハイ。
トキ　ほんとこの子のことよろしくお願いします。

と頭を下げるトキ。

竹内　いいえ、こちらこそ。

とお辞儀する竹内。

正子　何よ、二人とも馬鹿丁寧に。ハハハハ。
トキ　何笑ってんの。あなたの旦那さんになる人なのよ、あなたもキチンと挨拶しなさいッ。
正子　いいよ、今さら――。
トキ　ほら、つっ立ってないでご飯の準備しなさい。あっちに用意できてるから。
正子　ハイハイ。
トキ　ハイは一回ッ。

正子　もう口うるさくて大変。

と竹内に言い、その場を去る正子。

トキ　ほんとにいいんですか、あんなんで。
竹内　ええ。
トキ　どこがいいんですか。
竹内　そりゃいろいろ——困ったな。
トキ　お仕事も大変でしょう。これはこれ、それはそれでご負担にならないようにお願いします。
竹内　お気遣いありがたく。
トキ　裁判のこととかよくわからないんで、一つお聞きしたいんですけど。
竹内　ハイ。
トキ　あの子が裁判所に呼ばれてるって——それは、そこで事件のことをしゃべるってことですか。
竹内　そうです。
トキ　また嫌な思いしなきゃいいけど。
竹内　……。

鳥のさえずり。

竹内　その後、どうですか。

トキ　何が。
竹内　嫌がらせとか。
トキ　大丈夫です。
竹内　聞きました、彼女から。銀行の吉田さんのこと。
トキ　そうですか。
竹内　いないから言いますけど。
トキ　ええ。
竹内　彼女、立派だと思いました。そして――お母さんも。
トキ　そうですか。（と照れる）
竹内　お聞きになりましたよね、さっき「あの子のどこがいいんだ?」って。
トキ　ええ。
竹内　そういうとこです。
トキ　ありがとう。
正子（声）　お母さんッ。ちょっと来てッ。お鍋が何か変だよッ。ねえッ。――あーッ　何これッ。

二人、正子のいる方を見る。
正子、戻ってくる。

正子　ねえ、ちょっと早く――。
二人　ハハハハ。

と笑ってしまう二人。

正子 何よ？

トキ 何でもないッ。

正子 お鍋が、お鍋が大変なことになってるのッ。こう、ブオーッって。

トキ それはわかったから――。

とその場を去るトキと正子。
それを見送る竹内。

竹内 「災い転じて福となす」――彼女のお母さんの言葉はそれはそれで正しいのかもしれない。年が明けた一九四九年の五月。わたしは村田正子と結婚することになり、あわただしく結婚式を挙げることになった。ささやかな披露宴の席で、わたしたちを祝福する老若男女の笑顔を垣間見た時、なぜかわたしは平沢貞通のことを思い出していた。あの男は本当に犯人なのか？　もしもそうでないならいったい誰が？　いずれにせよ、その男は、この人たちのような善良な人々の笑顔を無残に奪い去ったヤツなのだ、と。

竹内は去る。

11　月夜の晩に

一九四九年五月半ば。
宴会場の一角。
夜——月が出ている。
隣室から酔客の歌声や笑い声など。
正装した芳子がやって来る。
芳子、ピーナッツなどを食べている。

芳子　（溜め息）

そこに正装した田中がやって来る。

田中　どしたんだ、こんなとこで？
芳子　うん。お客さんたちにお酌するのに疲れた。
田中　そりゃお疲れ様でした。
芳子　そっちは？
田中　吉田さんが酔ってきたから捕まらないうちに逃げてきた。

芳子　そう。
田中　何だよ、何か元気ないね。何かあったの？
芳子　いえね、村田さんはいいなあって思って。
田中　なんで？
芳子　なんでって――パッと出会ってパッと結婚しちゃって。
田中　何だよ、焼き餅かよ。
芳子　焼き餅も焼きたくなるわよ。だってそうでしょう、あたしたちはみんな一緒にあんなひどいことされたのに、なんで村田さんだけ結婚できるの？
田中　すごい理屈だな。
芳子　確かに村田さん綺麗だし、男の人が口説きたくなるのわからなくないけど。
田中　……。
芳子　それに比べてあたしときたら。褒められもしないでいろんな人からああだこうだ言われて。
田中　まあ。
芳子　あなただってそうでしょ、ひどいことされただけで、その後は何もいいことないじゃない。
田中　そんなことないよ。
芳子　え、何かいいことあったの？
田中　阿久沢さんと前よりちょっと親しくなった。
芳子　ふざけんな。
田中　ふざけてないよッ。
芳子　こう言うとアレだけど、わたし、あなたタイプじゃないから。
田中　……。

芳子　あれ、傷ついた？　それなら謝るね。ごめんなさい。
田中　心が全然こもってない。

芳子、ピーナッツを食べる。

田中　けど、本当にいいこともあったよ。
芳子　え？
田中　見てほら。

と上を示す田中。

芳子　（見上げて）……。
田中　ふだんはこんな月見ても何も思わなかったけど。
芳子　……。
田中　あれ以来、ちょっと綺麗に思うんだ。
芳子　……。
田中　普通に思ってたことが、そうじゃなく見える。
芳子　……食べる？

とピーナッツを差し出す。

田中　ありがと。

とそこへ正装した山田がやって来る。
引き出物を持って辞去する途中である。

芳子　あ、どうも。お帰りですか。
山田　ああ――ちゃんとお礼を言ってなかったけど、その節はいろいろありがとう。
芳子　いいえ、とんでもない。びっくりしました、先生がいて。
山田　差し出がましいとも思ったけど、せっかく呼んでもらったんで断れなくてね。
芳子　お疲れ様です。
田中　（そっぽを向いて）……。
芳子　何よ、田中くん。ちゃんと挨拶しなよ。
田中　嫌だ。
芳子　え？　何言ってんの？
田中　敵ですから。
芳子　敵って――。
山田　ハハハハ。敵か――そりゃ参ったな。
田中　だってそうでしょう。あなたはあの男を無罪にしようとしてるんですから。
山田　まあね。（と苦笑）
田中　先生の仕事はわかってます。けど、どんなに頑張っても罪は罪です。
芳子　田中くん――。（と止める）

田中　僕は先生を全然、応援してません。いや、僕だけじゃない。日本中の人間がそう思ってるはずです。
山田　……。
田中　今度、先生に会ったらちゃんと言っておきたかったんです。
芳子　……。
山田　（芳子に）あなたもそう思ってますか。
芳子　え？
山田　あなたも彼と同じように思ってますか。
芳子　さあ、どうだろう。
山田　田中さん――。
田中　何ですか。
山田　わたしがあなたの敵だということはよーくわかりました。
田中　ありがとうございまーすッ。
山田　けれど、一つだけわかってください。
田中　何をでーすかッ。
山田　わたしもあなたと同じ意見です。
田中　え？
山田　「どんなに頑張っても罪は罪です」――ほんとそうだと思います。
田中　……。
山田　しかし、「たとえ十人の犯人を逃しても一人の無辜《むこ》の人間を罰してはならない」――わたしはそう思ってます。

田中　……。
山田　わたしはあなたの敵ですが、被告人の無罪を頑張って勝ち取ろうと思ってます。
田中　……。

山田、夜空を見つめる。

山田　今夜はいい月だなあ。
二人　……。
山田　お先に失礼します。

とその場を去る山田。

田中　「今夜はいい月だなあ」——何だ、それッ。なあ。
芳子　……。
田中　何だよ。
芳子　初めて知ったわ。
田中　え？
芳子　あなたが弁護士さんの敵だったってこと。
田中　何よ、それ。阿久沢さんはそうじゃないの？
芳子　あたし別に敵じゃないわよ。
田中　嘘ッ。やめてよ、俺だけ悪者にするの。

芳子　もうその話は終わり。さ、戻って酔っ払いの相手しなさいッ。

と田中を引っ張っていく芳子。

田中　ヤだよ、吉田さん、酔っ払うと大変なの知ってるでしょう。

芳子　いいからッ。

とその場を去る二人。

舞台隅に竹内が出てくる。

竹内　披露宴の席は設けたが新婚旅行はなし。わたしの仕事が忙しかったせいもあるが、彼女も彼女でとても旅行を楽しむ気にはならなかったのだと思う。そりゃそうだ。事件から一年以上は経ったが、あの事件の関係者の心が輝きを取り戻すにはもっと長い時間が必要だったにちがいないから。平沢否認で始まった波乱の裁判——平沢は裁判所の判断で精神鑑定にかけられることになり、裁判は一時、中断した。

と竹内は去る。

12 面会

同年の七月初旬。
東京拘置所の面会室。
薄暗い室内——午前中。
山田に連れられて正子がやって来る。
そして、山田に促されて椅子に座る。

山田　もうすぐ来ます。
正子　(うなずく)
山田　緊張するのもわかりますが、まあ、お楽に。
正子　はあ。

水道の蛇口から水滴が落ちる音。

二人　……。

とドアがガチャと開く音。

山田らの反対側から平沢がやって来る。
所定の席に座る平沢。

山田　前に言った通り、今日はお客さん連れてきました。
平沢　（正子を見て）……。
山田　村田正子さんです。

正子、立ち上がってお辞儀する。

山田　座ったままで結構です。
正子　（座る）
平沢　こりゃたまげた。
山田　ハイ？
平沢　こんな若い美人が来るとは思わなかった。
山田　以前、会ってるでしょう。
平沢　いつでしたかな、お会いしたのは。
正子　去年の夏に――警察で。
平沢　ああ――そうですか。いや、たくさん人に会ったので誰が誰やら。こりゃどうもすいません。
山田　被害に遭った帝銀で預金係を。かろうじて一命を取り留めた――。
平沢　そうですか。

山田　今度の裁判で弁護側の証人として出廷をお願いしてます。
平沢　よろしくお願いします。
正子　（ぴょこんと頭を下げる）
山田　裁判に先立ち、改めてご紹介しておこうと思いまして来てもらいました。
平沢　……で、どんな証言を。
山田　「あの日、自分が見たのはあなたじゃない」――そう証言してもらいます。
平沢　ほう。

水滴が落ちる音がする。

山田　誤解しないでください。無理やり連れてきたんじゃありません。
平沢　……。
山田　もう一度、裁判の前に会っておきたい――と。
平沢　なぜですか。
山田　（正子を見る）
正子　大した理由じゃないんです。けど――。
平沢　けど？
正子　もう一度、キチンとあなたの顔や声を――。
平沢　……そうですか。

正子をじっと見る平沢。

水滴が落ちる音――。

正子　(目を伏せる)
平沢　あなたの気持ちもわかりますよ。
正子　え?
平沢　裁判で主張してる通りわたしは冤罪《えんざい》です。
正子　……。
平沢　しかし、もし――。
山田　もし?
平沢　もし、わたしが実はあなたに毒を飲ませた犯人だとするなら――。
正子　……。
平沢　「自分はそんな犯人を無罪にする証言をすることになるかもしれない」――。
正子　……。
平沢　わたしがあなたの立場なら、とても複雑です。
正子　……。
平沢　いや、怖いと言った方がいいか。
正子　……。
平沢　何せそいつは自分の同僚たちを冷酷に殺したヤツです。(と笑わずに言う)
正子　……。
平沢　ハハハハ。ごめんなさい、からかうようなこと言って。
正子　……。

平沢　面会時間はまだある。少しおしゃべりしましょう。その方が何か思い出すきっかけになるかもしれない。
正子　……。
平沢　わたしにも娘が二人います。たぶんあなたより歳はちょっと上だと思いますが。
正子　……。
平沢　一人は嫁ぎましたが、一人は同居してました。
正子　……。
平沢　「お父さん、濡れたまま外に出ないでッ」――いつも風呂から出る度に叱られてました。
正子　……。
平沢　娘と会えなくなってもうずいぶん経ちます。
正子　……。
平沢　だからあなたのような若い娘さんに会うとちょっとホッとします。
正子　……。
平沢　親父がこんなことになってさぞかし嘆いていることでしょう。
正子　……。
平沢　村田さん、ご家族は？
正子　ずっと母と二人で暮らしてました。
平沢　お父さんは？
正子　空襲で亡くなりました。
平沢　それはお気の毒に。
山田　新婚なんですよ、彼女。一ト月ほど前に新聞記者の旦那さんと。

平沢　そうですか。それはおめでとうございます。
正子　はあ。
平沢　あ、強盗殺人の犯人から祝福されても嬉しくはないか。ハハハハ。
正子　……。
平沢　これからですなあ。
正子　ハイ？
平沢　いや、戦争が終わって新しい時代が来る。これからはあなたたちの時代だ。
正子　……。
平沢　いい時代を作ってください。
正子　……。
平沢　（涙して）あ――すいません。最近めっきり涙もろくなりまして。
正子　お辛いと聞きました。
平沢　え？
正子　山田先生から――ここにいると絵が描けないから。
平沢　……そう。
正子　拝見しました、平沢さんがお描きになった絵――。
平沢　そうですか。
正子　あたしが言うのもアレですけど、すばらしい絵でした。
平沢　ありがとう。
正子　自然の――特に海の絵が多いんですね。
平沢　わたしの生まれは小樽――海の近くの家で育ったんです。

正子　だから――。
平沢　ふふふふ。むずむずします、そんな話を聞くと。
　　平沢、架空の絵筆を使って空中に絵を描く。
正子　……。
　　と平沢はおもむろに立ち上がる。
正子　……?
平沢　「皆さん、ここに集まってください。わたしが今から薬の飲み方を教えます」――。
　　平沢は架空の茶碗で薬を飲む。
　　それを固唾を飲んで見ている正子と山田。
平沢　どうですか、わたしはあなたが会った男ですか?
正子　……。
　　とコンコンとドアがノックされる。
山田　時間みたいです。今日はこのへんで。

山田に促されて席を立つ正子。

山田　じゃあ平沢さん、また法廷で。
平沢　ハイ。
山田　行きましょう。
正子　……。

正子、平沢に一礼してその場を去る。

平沢　（それを見送り）……。

山田、正子に続く。
平沢は反対側に去る。
舞台隅に竹内が出てくる。

竹内　正子はこの時、何を思ったか？　そればかりは本人に聞かないとわからない。しかし、たぶん彼女は恐怖ではない感情を平沢に抱いたのではないか？　それは言葉ではとても説明できない何か――。必ずしも冷酷な人間は冷酷な顔つきをしているとは限らない。むしろ、冷酷な人間ほど表面上は物静かかもしれない。だから、一見、温和な顔つきの平沢が実は冷酷な殺人者である可能性は十分にある。しかし――。

と竹内は去る。

13 弁護側の証人

同年の七月中旬。
東京地方裁判所の法廷。
舞台中央の机は証言台として使用する。
舞台正面に三人の裁判官がいる体。
舞台の上手に高木、下手に山田の椅子を設置する。
椅子に座る山田。
証言席前に立っている吉田。
高木による証人尋問の途中である。

高木　――検察官といたしましては、そのような理屈は弁護人の言いがかりと言わざるを得ません。吉田証人が「当初は似ていないと主張したが、平沢が自白し罪を認めた時点から非常に似ていると供述を変化させた」という指摘は事実です。しかしながら、人間の記憶とは、そのように非常に流動性のあるものです。前には違うと思ったが、ある日、雷鳴が轟くがごとく過去の出来事を思い出すことは、誰しも経験があるものです。そのような点を踏まえて、証人に対する再主尋問を許可願います。

吉田の方を見る高木。

高木　一九四八年一月二十六日、帝国銀行内において、あなたたちに赤痢の予防薬と偽り毒物を飲ませた男がこの法廷にいますか？

吉田　います。

高木　指差してください。

吉田　そこにいる男です。

吉田は舞台の一隅（観客席からは見えない）を指差す。

高木　ありがとう。（裁判官たちに）再尋問を終わります。

吉田はその場を去る。
高木は自席に戻り、山田が前に出てくる。

山田　では、弁護側の証人・村田正子を召喚《しょうかん》します。

正子が出てきて証言台へ進む。
正子は片手に持った小さな紙を読む。

正子　「宣誓。良心に従い真実を述べ、何事も隠さず、偽りを述べないことを誓います――竹内正子」

舞台隅にいる資料を持った山田。

山田　では、弁護側からお聞きします。氏名を述べてください。
正子　竹内正子です。
山田　旧姓は？
正子　村田正子です。
山田　職業は？
正子　帝国銀行椎名町支店の預金係です。
山田　本件で被害に遭ったが、一命を取り留めた銀行員の一人ですね。
正子　ハイ。
山田　あなたは事件があった時、犯人の顔を見てますね。
正子　ハイ。
山田　その時、あなたと犯人の距離はどのくらいでしたか。
正子　その人がお手本に薬を飲むところをずっと見てましたから、たぶん五十センチくらいじゃないか、と。
山田　どのくらいの間、犯人の顔を見てましたか。
正子　正確にはわからないですけど、説明の間ですから一分から二分は見てたと思います。
山田　あなたの視力は？
正子　両目とも一・二です。

山田　被告人と初めて会ったのはいつですか？
正子　去年の夏です、警視庁で面通しが行われた時に。
山田　一九四八年の八月三十日。
正子　ハイ。
山田　それ以降、合計何回くらい面通しをしましたか？
正子　五回です。
山田　初めて被告人を観察した結果、あなたはどのように思いましたか？
正子　違うと思いました。この人は犯人じゃない、と。
山田　何がどう違うのか教えてください。
正子　まず年齢です。
山田　年齢？
正子　ハイ、犯人はこの人と比べてもっと若い人です。だから「違う」と。
山田　年齢以外にそうでないと判断する理由はありますか？
正子　口元です、鼻から下のところ。
山田　口元？
正子　ハイ。この人はなんて言うか頬骨が出てるでしょう。でも、犯人はもっと普通の丸い口元でした。
山田　なるほど。他にはありますか？
正子　犯人は——なんて言うか、すごく落ち着いたお医者さんのような雰囲気がある人でした。けれど、わたしはこの人にそういう雰囲気を全然感じないんです。
山田　犯人から強く感じた雰囲気を被告人からはまったく感じない、と？

正子　ハイ。
山田　あなたは、初めて会った時から一貫して否定してますよね、「被告人は犯人ではない」と。
正子　ハイ。
山田　他の目撃者の証言は当初と今ではずいぶんと変化があるんですが、あなたがそのように確信を持って「似ていない」と判断できるのはなぜですか？
正子　わたしは――わたしは犯人の顔を憶《おぼ》えているからです。
山田　（裁判長に）以上です。

山田、自席に戻る。
と裁判長の声が聞こえる。

裁判長（声）　では、検察官、反対尋問をどうぞ。

山田と入れ違いに高木が前に出てくる。

高木　検察官からお尋ねします。えーあなたは目撃した犯人はもっと若い人だったと言いましたよね。
正子　ハイ。
高木　しかし、人間の外見はそんなに簡単に判断できないでしょう？
正子　……。
高木　見る位置や光の具合によってもずいぶん印象が変わると思いますが、いかがですか？

山田　異議ですッ。意見を押し付けてますッ。
高木　どうですか?
正子　(小声で)そういうことはあるか、と。
高木　何ですか、大きな声でお願いします。
正子　そういうこともあるかとは思います。
高木　先ほどあなたは「口元が違う」ともおっしゃいましたよね。
正子　ハイ。

高木は一枚の紙を出して掲げる。

高木　これはあなたも参加して作られた犯人のモンタージュ写真です。わたしが見る限り、この顔と被告人の顔は非常によく似てる——口元を含めて。あなたはこの時点では口元は重視していなかったということですか?
正子　それはわたしだけの意見で作られたもんじゃありません。
高木　けれど、あなたの意見も入ってるわけですよね?
正子　口じゃ——口じゃ説明できません。
高木　まあ、いいでしょう。あなたは犯人は「お医者さんのような雰囲気の人だった」と証言されましたが、被告人も見ようによれば医者のように見えなくもないと思うんですが、いかがですか?
山田　異議ですッ。検察官の感想ですッ。
正子　……。

高木　それも「口じゃ説明できない」ですか？
正子　……。
高木　つまり、あなたの証言は非常に主観的な印象に過ぎないと言えませんか？
正子　違いますッ。わたしは憶えてるんですッ。あいつの顔を——あの日、わたしたちの目の前にいたあの男の顔を！
高木　別の質問を。あなたの夫は「東都新報」の新聞記者ですよね。
正子　え——ハイ。
高木　旦那さんは「平沢冤罪」の立場で記事をお書きになってませんか？
山田　待ってくださいッ。異議ですッ。
裁判長（声）　異議を認めます。
正子　夫の考えとわたしの考えは——別物です。
高木　（裁判長に）以上です。

自席に戻る高木。

正子　……。

正子は山田に誘導されてその場を去る。
山田は自席に戻る。
舞台の隅に竹内が出てくる。

竹内　こうして正子の証人尋問は終わった。彼女の証言は、平沢の無罪を証明する上で弁護側の強力な切り札だったが、ご覧の通り、検察官の追及は厳しく、裁判官たちの判断に大きな影響を与えたと思う。傍聴席で裁判の進行をじっと見守っていたわたしは正子の証言が終わった時、平沢の反応を見た。平沢は目を閉じてじっと動かなかった。

と竹内は去る。

14　最終弁論

前景から数ヶ月後。
東京地方裁判所の法廷。
とそこに平沢が出てくる。
舞台中央の椅子に座る平沢。
平沢だけに明かりが当たる。
前景のまま舞台上にいる高木と山田。
長い論告をしている高木。

高木　――以上が検察官が平沢有罪を主張する論告のすべてであります。

とホッと息をつく高木。

高木　まったく――まったくこのような残虐非道な事件は前代未聞と言ってよく、幼い八歳の男児を含む合計十二人もの貴い命を残虐な方法で奪った被告人には、厳罰をもって臨むしかありません。よって、検察官としては、被告人に死刑を求刑する次第であります。

高木は一礼して検察官の席に座る。

平沢　……。

裁判長（声）　では、弁護人、最終弁論をどうぞ。

山田　……。

裁判長（声）　弁護人。

と山田が前に出てくる。
弁護人の最終弁論である。

山田　裁判官の皆さん。被告人の生死を決める最終弁論であるにもかかわらず、わたしは何をしゃべればいいのか戸惑っております。確かに――確かに被告人の置かれた立場は検察官の主張の通り非常に悪いものであります。いや、最悪と言って過言ではないでしょう。被告人が使ったとされる名刺の件、小切手を換金した際に残した名前の筆跡鑑定の結果、目撃者たちの証言、被告人の所持品、出所のわからぬ大金、貧しさを理由とする犯行動機、アリバイの不明確さ、そして、何より一度は本人が行った犯行の自白――どれもこれも、被告人に有利なものはありません。唯一、検察官の論告に穴があるとすれば、犯行に使った毒物の入手経路を明らかにできていない点です。毒物――ここでは仮に青酸化合物と呼びますが、これは普通の人間が簡単には手に入れることができない非常に特殊な薬品です。こんな薬品を市井の一介の画家である被告人が手に入れたばかりか、なかんずくあたかも科学者のような手際のよさで犯行に及ぶことができたのか？　大きな疑問を持たざるを得

ません。

それを聞いている平沢。

山田 また、先日の証人尋問の際の村田証人の話を思い出してください。村田さんはこの事件の真犯人を直接その目で見た被害者です。毒を盛られ、まだたくさんある未来を奪われたかもしれない銀行の預金係です。そんな村田さんはこう断言しました。「この人じゃない」――彼女はそう言っているんです。もしも、被告人が自分の命を奪おうとした人間なら、果たしてそんなことが言えるでしょうか？　もちろん、検察官のご指摘の通り、人間の記憶は曖昧で不確かなものです。しかし、もしも彼女が言うことが正しかったら？　彼女は見たんです、一九四八年一月二十六日、帝国銀行椎名町支店を訪れたその男を！　左腕に腕章をつけ、言葉巧みに銀行員たちを欺き毒薬を飲ませ、かけがえのない同僚たち八人と小使の家族四人の命を無情に奪ったその男の顔を！　もしも、もしも彼女の記憶が正しかったら？

それを聞いている平沢。

山田 ご存知の通り、被告人は著名なテンペラ画家です。そんな被告人に初めて会った時、被告人はわたしにこう言いました――「絵を描きたい、思う存分」と。わたしはその言葉に嘘はないと感じました。

と平沢を見る山田。

山田　どんなに状況証拠を積み上げても、それはあくまで状況証拠に過ぎません。そうです、この事件は被告人の自白しか決定的な証拠がないのです。その自白も、被告人自身が強要されたものだとして公判初日に覆し、否認に至ったのはご存知の通りです。このような考えの元、「疑しきは罰せず」という司法判断の大原則をご考慮いただいた上、被告人に無罪の判決を賜りますことをお願いする次第です。

平沢はその場を去る。
竹内が舞台の隅に出てくる。

竹内　検察官による論告・求刑、弁護人による最終弁論が終わり、残すは判決公判のみ。一九四八年の年末に始まり、約一年七ヶ月に及ぶ審議の末、この事件の裁判もいよいよ終わりの時がやって来た。

舞台の周囲に居木井、トキ、正子、吉田、田中、芳子が出てくる。
場面はそのまま一年後の法廷になる。
一九五〇年七月二十四日。

裁判長（声）　では、判決を言い渡します。被告人は前へ。

平沢が出てくる。
そして証言台の前に立つ。

裁判長（声）主文。被告人を死刑に処する。

傍聴席の人々の反応。
快哉、驚き、失望、落胆、無常感。

裁判長（声）以下、判決理由を述べます。被告人は昭和二十三年一月二十六日、午後三時半頃、東京都豊島区長崎にある「帝国銀行椎名町支店」を都の衛生局の人間を装って訪ね、「近所で集団赤痢が発生したのでその予防薬を飲んでほしい」と偽り――。

それを聞いている平沢。

平沢　……。

人々は、その場をゆっくりと去る。
傍聴席に最後まで残ったのは正子である。
平沢は正子を見る。

平沢　……。

正子　……。

舞台隅に竹内が出てきて、二人を見る。
平沢はゆっくりとその場を去る。
それを見送る正子。

竹内　まったく予想外とは思わなかったが、裁判所は平沢に死刑判決を下した。新聞各紙はその日のうちに号外を出し、その報を人々に告げた。判決を聞き、法廷の外へドッと駆け出したたくさんの記者たちの中にわたしもいた。「その事実を一刻も早く国民に知らせなければならない！」——多くの記者たちが先を競って地裁の廊下を走る中、わたしの脳裏に浮かんだのは、村田正子の顔だった。

と竹内は去る。

15　海へ

同年の八月——盛夏である。
北海道の小樽の海辺。
波の音——。
そこへ麦藁帽子を被った正子がやって来る。
正子、海に臨む。

正子　（大きく息を吸い込んで）……。

そこへ竹内がやって来る。
竹内は大きめの荷物を持っている。
二人とも前景とは違うちょっと余所行きの装い。
遅い新婚旅行である。

正子　汗、凄い。

と拭いてやったりする。

拭き終わって海を見る正子。
竹内も荷物を置いて海を見る。

正子　久し振り、こんな景色のいいところ来るの。
竹内　そうだな。
正子　……。
竹内　お気に召しましたか、小樽の海は？
正子　うん。

海に臨む正子。
波音——。

竹内　ふふふ。
正子　何？
竹内　何を考えてるか当ててやろうか。
正子　え？
竹内　いや——やっぱりいいや。

波音——。

竹内　大変だろうなあ。

正子　何が？
竹内　平沢さんの両親だよ。
正子　まだここに？
竹内　ああ。
正子　……。
竹内　狭い町だ。息子があんなことになったら――いろいろとな。
正子　そうね。

とカモメの鳴き声。

正子　あー見て見てッ。ほらあれ、カモメ。
竹内　（上を見て）……ああ。

波音――。

竹内　一つ聞いておきたいんだけど。
正子　何？
竹内　なんでだ。
正子　……。
竹内　なんで最後まで戦ったんだ？
正子　……なんでだろう。

竹内　……。
正子　けど一つだけ言える。
竹内　うん。
正子　本当のことを言わないと、また多くの人が死ぬようなことになるんじゃないかって。
竹内　……。
正子　「戦争が終わって新しい時代が来る。これからはあなたたちの時代だ」――。
竹内　え？
正子　平沢さん――あたしにそう言ったの、山田先生と拘置所で面会した時。
竹内　へえ。
正子　そして、こう続けた。
竹内　……？
正子　「いい時代を作ってください」って。
竹内　……。
正子　ほんとそういう時代になるといいなあ。

と腹を触る正子。

竹内　……ああ。

カモメの鳴き声。

竹内　行こう。
正子　うん。

とその場を去る正子。
荷物を持ってそれを追う竹内。

16　その後の経過

平沢が収監された刑務所の独居房。
平沢が出てくる。
平沢は机に向かい、絵筆で熱心に絵を描く。
とその周りに山田、高木、居木井、トキが三々五々と出てくる。

山田　弁護側は第一審の判決を不服として控訴。
高木　裁判は控訴審に持ち込まれる。
居木井　異例のことだが、高裁は審議をやり直す。
トキ　しかし、高裁でも一審の判決が覆ることはなかった。
山田　弁護側はさらに最高裁に上告。
高木　しかし、最高裁は上告を棄却。
居木井　一九五五年五月七日、平沢の死刑が確定する。
トキ　一九六二年十一月二十四日早朝、平沢は極秘裏に宮城刑務所に移送される。
山田　同年七月、有志によって「平沢貞通を救う会」が作られる。
高木　翌年、東京渋谷で一回目の「獄中展」が開催される。
居木井　刑事訴訟法では「死刑執行は判決が出てから六ヶ月以内に執行しなければならない」との

トキ　規定がある。
山田　しかし、誰一人として平沢の死刑執行の命令書に判を押す法務大臣はいなかった。
高木　最高裁の判決が出てから三十二年、逮捕から数えて実に三十九年。
居木井　平沢は明日をも知れぬ命でありながら獄中で絵を描き続けた。
トキ　晩年、高齢の平沢は病に倒れる。
山田　一九八七年五月十日、八王子医療刑務所で死去。
　九十五歳だった。
高木　平沢の死後も支援者は冤罪を訴えて、二〇二〇年、現在も再審請求中である。
居木井　平沢が獄中で描いた絵は合計で千三百点を超える――。

と平沢を見る人々。

エピローグ

と舞台四方に四人の男女が現れる。

吉田　「年齢四十四、五歳から五十歳、ゴム靴を履き、一見好男子で知識階級の人のようでありました。けれど、医師としてはちょっと手が武骨であるように感じました」――。

芳子　「年齢四十四、五歳。丈は五尺二、三寸。黒っぽいオーバー様の薄い外套《がいとう》を着ていました」――。

田中　「年齢は四十四、五歳。丈は五尺二寸くらいの男でした。左腕に都の防疫班と文字の入った腕章をしていました」――。

正子　「年齢は四十四、五歳。丈は五尺三、四寸。頭は坊主刈りで前丈がちょっと伸びており、一見柔和な顔。上品な言葉使いは落ち着いていて、物静か。お医者様か消毒係の上に立つような人柄を持った上品な方でした」――。

と舞台の片隅に竹内が出てくる。

竹内　かろうじて一命を取り留めた四人の銀行員たちは、犯人の人相、特徴についてそのように証言した。戦後間もない一九四八年一月二十六日。今にも雪が降りそうなその日、東京

豊島区長崎にある帝国銀行椎名町支店で、前代未聞の強盗殺人事件が発生した。世に言う「帝銀事件」である。

絵を描いている平沢。
それを見ている人々。
と舞台後方の高い位置にある窓が見える。
鉄格子の入ったその窓の外に静かに雪が降ってくる。
獄窓の雪——。
熱心に絵を描き続ける平沢。
と暗くなる。

〔主要参考・引用文献〕

『帝銀事件　立証された平沢の無罪』（森川哲郎著／三一書房）
『小説　帝銀事件』（松本清張著／角川文庫）
『日本の黒い霧』（松本清張著／文春文庫）
『裁判百年史ものがたり』（夏樹静子著／文藝春秋社）
『ドキュメント帝銀事件』（和多田進著／ちくま文庫）
『刑事一代　平塚八兵衛の昭和事件史』（佐々木嘉信著／新潮文庫）
『帝銀事件　死刑囚』（熊井啓監督／日活映画）

壁の向こうの友人——名古屋保険金殺人事件——

［登場人物］

原口　正（被害者の兄／四六歳）

長谷敏之（死刑囚／四三歳）

岡本（刑務官／三二歳）

プロローグ

名古屋拘置所の一室。
舞台中央に長めのテーブル。
そのテーブルを挟んで椅子が二脚ある。
その間に架空のアクリル製の仕切りがあるという体。
片方のエリアに刑務官が座る椅子と机。
舞台の隅に刑務官（制服）の岡本が出てくる。

岡本　この拘置所の刑務官になって早やぁもんでもう八年になる。一般の人にゃあ縁がにゃあ場所だもんで誤解されてまうんやけど、拘置所は刑務所とは違う。刑務所は裁判で有罪判決受けた人間が受刑者として服役しとる場所。でゃあてゃあは所内で労働をやらされとる。対して拘置所っちゅうのは、原則として、まだ刑が確定しとらん裁判中の未決囚が収監されとる場所。だもんで、拘置所は刑務所に比べると自由度は少ぉしは高きゃあと言えるかもしれん。ここはこの拘置所ん中の面会室の一つ。罪に問われて裁判中の被告人と外部の人間――家族や弁護士が透明のアクリル製の壁を通して面会される場所ゆうこと。

岡本は位置を変える。

岡本　収監者と面会してぇあゆう面会人には、拘置所の入り口にある受付で申し込み用紙に以下のような項目を書き込んでまうことになっとる。

岡本は用紙を取り出す。

岡本　「面会したい収監者の名前」「自分の氏名」「収監者との関係」「面会目的」――その面会人も、はじめはいっつもと変わらん面会人の一人に過ぎんと思っとった。「収監者との関係・友人」「面会目的・身上安否」――ほんやけどその脇にボールペンで書き添えられとる言葉見て、俺はこの面会人がいっつもの面会人とは違うゆうことがわかった。そこんとこにはこう書かれとった。「被害者遺族」と。

そこへバッグを持った原口がやって来る。
と長谷の声が聞こえる。
岡本は去る。

長谷（声）「前略。突然の手紙をお許しください。わたしのような者からの手紙ではご気分害されるかもしれませんが、ご無礼お許しください。あの日以来《いりゃあ》、小さな祈りではありますが、明さんのご冥福を祈りつつ、懺悔の日々を送っとります。まことに人の道に外れた愚かなことをしてまったと悔い、原口様やお母様の無念と悲しみを思う度《たんび》に、こうして生きとる自分の存在を申し訳なく思い続けとります。謝って許してまえることではありませんけども、今のわたしにはお詫びするより他に術がありません。償う日が決まれば素直に従う気持ちでおりますもんで、どうぞ今、わたしが生かされとることをお許しください」

原口はパイプ椅子の一つに座る。

1　再会

遠くで蝉の鳴き声が聞こえている。
眼鏡をかけた中年男――原口は汗をしきりに拭いている。
そわそわと落ち着かない様子。
一九九三年八月。
と原口の座っている場所と反対側のドアがガチャリと開く音。
岡本に連れられて長谷がやって来る。
長谷は白いシャツにスラックス姿である。
座ったままの原口。
立ったままの長谷。

原口　……。

長谷　（笑顔で）……。

奇妙な緊張感が漂う。

岡本　そこに座って。ホレ。

長谷　（一礼する）

と長谷を椅子に座らせる。

岡本　原口さんやね。ほしたら、面会始めてもらってかまいませんで。規定だもんで、長い時間はご遠慮してもらっとるけど、そのへんはお願いしときますね。

岡本は刑務官の席に着く。
そして、随時、ノートに記録を採る。
黙ったまま向かい合う原口と長谷。

長谷　わざわざこんなとこまで来てもらってまって、なんちったらええんか――。
原口　いやいやいやいや――。

黙っている二人。
その様子を怪訝そうに窺う岡本。

長谷　まさかこうして来てまえるとは思っとらんかったもんで、嬉しいですわ、ほんとに。
原口　……。
長谷　ご無沙汰してまって――。
原口　ほうやな。裁判以来だわね。

長谷　お変わりないようで何よりですわ。
原口　そんなことあらへんて。――ここ（髪）も、ここ（腹）も。もうすっかりオッサンだで。
長谷　……。
原口　あんたはちょっと痩せやぁたか？
長谷　規則正しい生活しとりますもん。
原口　ほうだわなぁ。
長谷　いやあ、先日はほんとにありがとうございました。
原口　何がぁ？
長谷　明さん――弟さんの墓参り。話は稲田先生から伺いました、弁護士の。
原口　……。
長谷　もちろん、本来はわたし自身が伺わなかんのやけど、仮に代理でも望みをかなえてまえたわけやから。本当に感謝しとります。
原口　元気そうやね。
長谷　ハイ？
原口　あんたが。
長谷　……すんません。
原口　やめてちょうでゃあ。別に皮肉言ったわけじゃないんだわ。
長谷　はあ。

間。

原口　自分からのこのここんなとこまで来といて言うのもナンなんやけど。
長谷　ハイ。
原口　誤解されるゆうのは嫌だもんであらかじめ言わせといてまうけど。
長谷　ええ。
原口　わたしはあんたのことを許したわけじゃにゃあよ。
長谷　……。
原口　あんたの手紙に返事出したのも別にあんたを許したからじゃにゃあて、あくまでも儀礼のつもりだったんだわ。代理人の墓参りを許したのも同《お》んなじ理由だわ。それに断る理由もないでしょう。
長谷　(うなずく)
原口　正直言うと、自分でもよぉわかっとらんのだわ。
長谷　……。
原口　弟殺されたゆうのにあんたにこうしてわざわざ会いに来とる自分が。
長谷　……。
原口　実は先週もここへ来たんだわ。
長谷　え?
原口　ほんやけど、その日は土曜日で面会できないっちゅうこと知らんかった。
長谷　そうですか。
原口　まあ、こんなとこへ足運ぶことは普通あらへんでな。
長谷　(うなずく)
原口　どうも苦手なんだわ、昔からこういうとこは。

長谷　……。
原口　あんたはもう慣れたかね、ここ？
長谷　まあ、ここ来て長いもんで。
原口　あれから十年やもんなぁ。
長谷　ええ。

間。
長谷、その場で土下座する。

長谷　本当に申し訳ございませんッ。
原口　……。
長谷　手紙にも何度も同じこと書いたんですけど、こういう風に直接お詫びするのは初めてだもんで。
原口　……。
長谷　こんなことで許してまえるとは思っとりません。
原口　……。
長谷　ほんやけど、心からこの通り――。

と床に頭をこすりつける。
岡本は立ち上がるが、制止はしない。

原口　やめてちょおすか。
長谷　ほんでも――。
原口　ええで。（岡本に）すいません、やめさせてまえんですか。

岡本、長谷を立たせる。
椅子に座る長谷。

原口　長谷くん。
長谷　ハイ。
原口　わたしがここへ来たんはあんたに謝罪してほしいからじゃにゃあよ。
長谷　……。
原口　ただあんたがどうしとるのかをこの目で確かめときたかったんだわ。
長谷　……。
原口　あれから十年やで。わたしもいろいろあったわ。
長谷　……。
原口　恐縮するなと言っても無理な話かもしれんけどが、今日はただ話ができればそれでええで。
長谷　……。
原口　いつだったか、あんたのお父さんと奥さんがうちへ来てくだれてね。
長谷　……。
原口　明に線香あげてくだれたよ。
長谷　聞きました。前に女房がここへ面会に来てくれた時に。

原口　今年だわな、お父様亡くなったのは。
長谷　ハイ。
原口　奥さんとは離婚したと聞いたんやけど。
長谷　ええ、事件のすぐ後に。だもんで正確には元女房ですわな。
原口　ほうかぁ。
長谷　……。
原口　ほんやけどあんたは一人やにゃあよ。
長谷　え？
原口　実はあんたお友達からぎょうさん手紙もらってねぇ。
長谷　お友達ぃ？
原口　キリスト教の。（と十字を切る）
長谷　ああ――。
原口　面識もないのにあんたのことを「許したげてまえませんか」と。わたしは宗教のことはよおわからへんけどもが、ちょっと驚れぇたね。面識もないのにえりゃあもんだわ。
長谷　ご迷惑だったたですわね。すいません。
原口　最初は冗談かと思ったわ。あんたがクリスチャンになったて聞いて。
長谷　本当です。弁護士の青山先生の奨めで。一審、二審で弁護してくだすった。
原口　ああ――。
長谷　お恥ずかしい話やけど、クリスチャンが作っとる冊子に自分の気持ちを書《き》ゃあて掲載してまったら反響がありまして。
原口　ほうかぁ。

原口　あんたが元気なのはほうゆうことも理由なんかもしれんなぁ。
長谷　どうやろう。ほんやけど——。
原口　けど何？
長谷　こう言うとアレですけど、イエス様のいろんな言葉に助けられとります。
原口　……。
長谷　「汝の敵を愛せ」——それまでは俺を追い込んだ人たちをみんな恨んできましたけど、そんな言葉のほんとの意味がわかると気持ちが穏やかになるんですわ。
原口　……。
長谷　あ、すんません。一人でペラペラ。原口さんのご家族はお元気ですか？
原口　おかげさんでみんな達者にしとるねぇ。上の子も就職、下の子も高校に入ったし。
長谷　お母様は？
原口　足腰はよぉないけども、まぁ、何とかだわ。
長谷　それは何よりですわ。くれぐれもよろしくお伝ゃあください。
原口　不思議なことやけど、よぉ似とるよねぇ。
長谷　何がですか？
原口　あんたの家族とわたしの家族。どっちも子供が二人ずつやらぁ。
長谷　そうやねぇ。

間。

原口　……覚えとるかね。

長谷　ハイ？
原口　あんたの裁判で証人として出廷した時、わたしが何てったか。
長谷　ハイ。……「極刑を望む」と。
原口　その気持ちに今も変わりはないんやけどね。
長谷　……。
原口　ほんなら長居もあれやし。今日はこのへんでお暇するわ。

原口、立ち上がる。

原口　（岡本に）どうもお世話様でした。
岡本　ごたいげ様でした。
原口　よかったと思っとるよ。勇気出してここへ来て。
長谷　本当にありがとうございました。こうして直《じか》にお会いできてよかったです。これで俺もいつでも喜んで死んでけます。
原口　ほんなこと言うなて。
長谷　え？

原口、自分の言葉に自分でちょっと戸惑う。

原口　……ほんなら元気でな。

　　岡本、長谷を連れていこうとする。

岡本　行くで。

長谷　ありがとうございましたッ。原口さんもお元気で。

　　と一礼して岡本とともにその場を去る長谷。
　　それを見送る原口。
　　と長谷の声が聞こえる。

長谷（声）「前略。先日はこちらにお出でいただきましてまことにありがとうございました。念願かなって直接謝罪できたのもひとえに原口様のご厚意があればこそです。皆様の計り知れん広いお心を大切にして、これから償ゃあの日々を生きてきたいと思っとります。面会に来てくだれたことは今でも夢のように思っとります。重ねて深くお礼申し上げます」

　　原口はその場を去る。
　　舞台の隅に岡本が出てくる。

岡本　これまでも面会に立ち会うことは何きゃあもあったが、俺が知る限りこういうケースは初めてやった。その日、収監中の男を訪ねた面会人は被害者の兄さんやった。事件が起こったのは十年前の一九八三年の一月。被告人は仲間と共謀して面会人の弟さんを交通事故に偽装して殺害。保険金目当ての殺人やった。被告人には他にも余罪があって、保険金目当てに合計三人の人間を事故や自殺に見せかけて殺しとった。第一審、第二審とも判決は死刑。現在、最高裁に上告中の身やった。事件後、被告人の姉さんは自殺されてまった。いつもなら面会人は面会が終わると「ほんならまた」と言わっせる。ほんやけど、収監者が死刑囚の場合、その言葉が出てこんことを俺はよぉ知っとった。しかし、面会はそれで終わらへんかった。次の年の春――。

と岡本は去る。

2　死刑確定

前景から八ヶ月後。
一九九四年四月。
同じ名古屋拘置所の面会室。
原口が出てくる。
そして、前景と同じようにパイプ椅子に座る。
遠くで車のクラクションなど。
とガチャリとドアが開く音がして岡本が入ってくる。
続いて長谷。
長谷は一礼してから椅子に座る。

岡本　所長から話は聞いとりますもんで。本来、確定死刑囚との面会には制約があるんやけど、これは特別に許可された面会っちゅうことで。注意事項を守って規定通り、手短にお願いしますわ。

原口　ご無理聞いてもらって申し訳にゃあことです。

岡本　(長谷に) ほれ。はよ座りゃあ。

長谷は椅子へ、岡本は刑務官の机へ。

原口　手紙をどうもね。返事も書けんで申し訳なかったね。

長谷　とんでもないですわ。読んでもらえただけで嬉しいし。ご無沙汰してまって。

原口　（怪訝そうに）……。

長谷　何ですか？

原口　いや、何ちゅうか――。

長谷　「上告が棄却されてもっと落ち込んどると思った」ですか――。

原口　ようわかるね。

長谷　もちろん悔しい気持ちがにゃあと言やぁ嘘んなるけども、これはかりは仕方にゃあことだもんねぇ。

原口　……。

長谷　ほれに――クリスチャンにとって死は無意味なものじゃないですから。

原口　だとしても簡単に希望を捨てたらあかんて。

長谷　はあ。

原口　……。

長谷　ハハハハ。

原口　何や？

長谷　あ、すいません。ほんやけど、何か奇妙だなと思いまして。

原口　奇妙？

長谷　ええ。だってほうでしょう。俺はひどい罪犯して死刑になる人間で、あんたは被害者のお

原口　兄さん。そんな関係の人間の会話とはとても思えんわねぇ。
長谷　まあ。そう思わんですか？

と岡本を見る長谷。

岡本　（困って）……。
原口　確かにほうかもしれんねぇ。
長谷　前にこうおっしゃったのを覚えとらっせるですか？
原口　うん？
長谷　裁判で「極刑を望む」と言った気持ちに変わりはにゃあ、と。
原口　ああ。
長谷　今は違うんですか？
原口　……残念やけど、ほんなことはない。
長谷　……。
原口　ほんやけど、こうしてあんたと直に会うと、何ちゅうかちょっとホッとするんだわ。
長谷　なんでですか。
原口　たぶんその気にさえなれば、あんたに俺が抱えとるありったけの怒りをぶっつけることができるからだないかな。
長谷　……なるほど。
原口　知らんかったわ、あんたがずっとここにおるゆうこと。

長谷　ハイ？
原口　刑が決まるとてっきり刑務所へいごく（動く）もんだと思っとったもんで。
長谷　ああ——そうです。死刑確定者に刑務作業はにゃあもんで。
原口　……つまり。
長谷　そうです。刑場は刑務所じゃのうてここにあるんですわ。
原口　……。
長谷　伺いました、稲田先生から。
原口　何を。
長谷　死刑廃止の集会に出席されたて。
原口　ああ——。
長谷　ありがとうございます。
原口　ちょっと待ってくれて。悪いけど、俺が集会に参加したのはあんたのためというわけじゃにゃあよ。
長谷　はあ。
原口　確かにあんたがこういうことになったのがきっかけではあったと思うけどが。ほんやけど、俺は——。

と岡本を気にする。

原口　あかんなぁ。そういう話はするなっちゅうて所長さんから釘を刺されたばかりなんだわ。
長谷　はあ。

原口　だからそういう話は――。
長谷　わかりました。

間。

長谷　その後、お変わりはないですか。
原口　ああ。
長谷　ご家族も。
原口　うん、元気にしとるよ。
長谷　知っとらっせるんですか、俺と会うこと。
原口　女房だけだわ。
長谷　俺と面会なんかすると奥様、嫌がらんですか？
原口　ほりゃあ、いい顔はせんわな。
長谷　そりゃそうですわな。俺が奥様の立場ならやっぱり行かせたくにゃあですもん。
原口　ええんだわ。俺は俺の意志でやっとることだもんで。
長谷　ほんとにありがとうございます。
原口　やめてて。
長谷　いいえ、何度でも言わせてまいますわ。人とこんな風に話をすることがどんだけ大切か――こういう立場になるとよぉわかるんですわ。
原口　ご家族は面会にござれんの？
長谷　最初の頃は週に一度来てくれとったけども、今じゃ月に一度来てくれればええ方です。

原口　お子さんはどうしとらっせるの？
長谷　上の子は就職決まったもんで今月で社会人二年目です。仕事があると、こっちへ来るのも大変だもんね。
原口　ほうかぁ。
長谷　息子は息子で大変だと思いますわ。
原口　……。
長谷　女房とは離婚したから戸籍上はわたしの息子やないんやけど。
原口　うん。
長谷　親父がこんなヤツだてわかると、いろいろ大変やろうから。
原口　ほうやな。
長谷　ほやけど、息子にはいつかわたしの代わりに明さんの墓へ行ってまいたいと思っとります。
原口　……シスターは？　あんたの養母になったゆう。
長谷　死刑が確定してすぐ来てくだれました。ほんとありがってゃあことです。

間。

原口　ところで、毎日何して過ごしとらっせるの？
長谷　平日は毎日、教誨《きょうかい》の時間がありますで。
原口　それ以外《いぎゃあ》は？　一日中祈っとるわけでもないでしょう？
長谷　こう言うとちょっと怒られてまいそうやけど。
原口　うん。

長谷　好きなことをいろいろ。聖書読んだり、手紙書いたり、それに絵ぇ描いたり――。
原口　絵かね。
長谷　絵ぇ言ってもいたずらがきみたいなもんやけど。ほれ、手紙と一緒に送らせてまった――。
原口　ああ――これかね。

とバッグから長谷の絵を出す。

長谷　ほうです。
原口　これ何？
長谷　イエス様です。
原口　ほう。
長谷　鉛筆とボールペンしかないもんで、こんな風にしか描けんのですわ。
原口　いや、なかなかのもんやよ。
長谷　ほんとですか。
原口　ああ。
長谷　初めてだわ、ほんなこと言ってまえたの。
原口　……。
長谷　こう言っちゃナンやけど、好きなことを存分にやれる、そういう自由な時間をもらったようなもんですわ。
原口　ほうかもな。
長谷　ええ。

原口　……考えてみりゃあ、俺らもあんたと同じかもしれん。
長谷　どういうことです？
原口　人間みんないつかは必ず死ぬもんね。だで、ほれまでに神様からもらった時間を何とか有意義に使おうとしとる囚人みたいもんだわな。
長谷　イエス様もおっしゃっとります。「神の前で人間はみな罪人だ」いって。

間。

原口　看守さん――。
岡本　ハイ。
原口　この前ここに来た時もお世話になったですね。
岡本　ほうでしたな。
原口　声かけたらあかんと思ってなるべくそうしとったんですが、ちょこっと伺ぎゃあてゃあことがありまして。
岡本　何でしょう？
原口　こういうとこでいっつも面会に立ち会っとられるわけですよね？
岡本　ええ。
原口　わたしのような人間は珍しいですか？
岡本　……ほりゃまあ。
原口　ですわねぇ。普通、こういうのはないですわね。
岡本　ええ。

原口　おかしいですか？
岡本　何がですか？
原口　ほやから加害者と被害者の遺族がこうゆう風に会ったりするの。
岡本　どうやろう。
原口　けど、こういう形もあってわたしはええと思っとるんですわ。
岡本　……。
原口　ほりゃあ最初は相当勇気が要りました。門のとこ行ったり来たりで。ほんやけど、こうやって思い切って彼に会ってみてよおわかりました。
岡本　……。
原口　手紙や謝罪文じゃわからへん。会って話さないとわからへんこともよおけあるってことが。
岡本　……。
原口　あ、すいません。変なこと言ってまって。
岡本　……。

間。

岡本　わしにゃあよぉわからんですわ。
原口　何がですか？
岡本　原口さんの気持ちがです。
原口　はあ。
岡本　わしがあんたの立場なら。

原口　ええ。
岡本　……いえ、すいません。余計なことやった。言ってちょうでゃあ。是非、聞きたいで。
原口　職務上、お答えしかねるもんで。
岡本　「身内を殺した人間を憎みこそすれ、そいつに会おうとは絶対思わん」――。
原口　……。
岡本　普通はほうですよね。
原口　原口さん、前にこう言っとらしたじゃないですか。
岡本　なんて？
原口　「俺はあんたを許したわけじゃにゃあ」と。
岡本　……。
原口　わしはそれが正しい意見やと思います。
岡本　……。
原口　すいません。今のはオフレコでお願いしますわ。
岡本　とんでもにゃあです。聞いたのはこっちですもん。

間。

岡本　そろそろええですか。
原口　ハイ。ほんなら今日はこのへんで。
長谷　また手紙書きますで。

原口　ああ。
長谷　確定者には制約があるもんで、前みたいに頻繁には無理やけど。
原口　ほんやけど、返事を出せんゆうこともあるもんで、そのつもりで頼むわ。暇そうに見えるかもしれんけど、こう見えて会社も忙しいもんでねぇ。
長谷　もちろんですわ。

岡本、長谷を連れていこうとする。

原口　あ、そうそう。知っとるかね、ここの外の通り。
長谷　何ですか。
原口　満開やよ、桜。通り沿いにずらっーと。
長谷　そういう季節だもんねぇ。
原口　うむ。
長谷　こういうことんなって実感しました。
原口　何を？
長谷　わたしみてゃあな人間こそ、あれは一番きれいに見えるゆうことことが。
原口　……。
長谷　今日は本当にありがとうございましたッ。

と一礼してその場を去る長谷。
続いて岡本も去る。

それを見送る原口。
と長谷の声が聞こえる。

長谷（声）「前略。先日はわざわざ足を運んでいたでぁあて、ありがとうございました。再びお目にかかれてとても嬉しかったです。この前、言いそびれてまいましたが、実はわたしは今、マッサージの勉強をしとります。勉強言ってももっぱら本読んどるだけのことですけど、もともとそういうことに興味があったもんで、これを機会に勉強する気になりました。こんなことは夢のまた夢やけども、足腰の悪いお母様に是非マッサージをさせてもらえるなら、小さな恩返しになるんやないかと思います。この次お目にかかれるのがいつかはわかりませんが、またそのような時があるなら大変嬉しく思います」

原口はその場を去る。
舞台の隅に岡本が出てくる。

岡本　俺が勤務する拘置所には現在合計四名の確定死刑囚がおる。表立っては普通にしとる人間が多いが、彼らは内心いつと知れぬ法務大臣の命令に怯えながら毎日を過ごしとる。刑事訴訟法には、「死刑は判決が確定した日から六ヶ月以内に執行しなければばならない」との規定があるが、通常は五年以上経過せんと刑は執行されん傾向にある。日本の死刑は絞首《こうしゅ》。しばり首である。人道上の見地から世界各国で死刑制度が廃止されとる中、日本はその数少ない死刑存置《そんち》を認めとる国の一つである。奇妙と言ゃあ奇妙な面会人の二度目の訪問から数ヶ月。その年の夏——。

岡本はその場を去る。

3　イエス・キリスト

前景から四ヶ月後。
一九九四年八月。
同じ名古屋拘置所の面会室。
遠くで蟬の鳴き声。
原口が出てきて椅子に座る。
汗をハンカチで拭っている。
とドアがガチャリと開く音がして、岡本に連れられて長谷がやって来る。
長谷は憔悴している印象。

岡本　大丈夫《だゃあじょおぶ》か？　ほんとに。
長谷　すいません。大丈夫《でゃあじょおぶ》です。
椅子に座る長谷。
岡本も所定の机に着く。
長谷　わざわざありがとうございます。

原口　気分すぐれんならまたにするよ。
長谷　とんでもにゃあ。こうして来てまっとるのにそんなこと。わたしは大丈夫《でゃあじょおぶ》ですから。

間。

原口　まずはお気の毒なことやったねぇ。
長谷　葬式にも出てまったと聞きました。重ねてお礼を。
原口　うむ。

黙ってしまう二人。

原口　手紙読ませてまった。
長谷　ハイ。
原口　何てったらええのかわからんもんで返事は書かんかった。
長谷　……。
原口　残念やとしか言えんわ。
長谷　(うなずく)
原口　泣いとらしたわ、みんな。
長谷　……。
原口　ほりゃほうだわなぁ。まだ二十歳《はたち》でしょお。
長谷　ご心配かけて申し訳にゃあです。

原口　ほんやけど、起きてまったことはもう取り消せんもんな。
長谷　ハイ。
原口　慰めの言葉にもならへんけど、この事実受け止めて前向きになってまいたいと思っとる。
長谷　ありがとうございます。
原口　あんたも大変やろうけど、もっと大変なんは嫁さんと娘さんだでな。
長谷　（うなずく）
原口　励ましだげたかったんやけど、言葉がなかったわ。
長谷　……。
原口　ちゃんと眠れとるの？
長谷　今は少しずつ。ほんやけど、報せを聞いて何日かは一睡も。
原口　だわなぁ。
長谷　しばらくは何を食べても味がせえへんかったですし。
原口　ほうだわなぁ。
長谷　原口さんにこんなこと頼むのはお門違いやと思うんやけど。
原口　何ぃ？
長谷　嫁と娘のことをどうか――。

と頭を下げる長谷。

原口　できる限りのことはするわ。
長谷　ありがとうございます。

原口　とにかく今はゆっくり休むことや思うよ。
長谷　ハイ。

間。
遠くで蝉の鳴き声。

長谷　去年の十月です――息子がここに面会来てくれたんは。
原口　ほうかぁ。
長谷　差し入れに本持ってきてくれてねぇ、マッサージの。
原口　……。
長谷　仕事もやっと慣れてきたって話を、あなたが座っとるそこでしとりました。
原口　……。
長谷　立ち上がって初めてわかりました。ちょっと見んうちにでかぁなって。一七五センチやそうです。
原口　……。
長谷　「ほんならまた」――照れくさそうにそう言ってそこから出てったのを覚えてます。
原口　……。
長谷　わかっとったつもりでもダメやねぇ。
原口　何が？
長谷　あいつの心ん中。
原口　……。

間。

遠くで蟬の鳴き声。

長谷　息子がこんなことんなって正直、しんどいです。
原口　ああ。
長谷　いっそ死刑になる前にわたしも自分で死んだろうかとも思いました。
原口　……。
長谷　ほんやけど考え直しました。
原口　……。
長谷　息子が死んですぐにシスターが面会に来てくださりました。
原口　ほうかぁ。
長谷　シスターはおっしゃっとりました――「クリスチャンにとっての死は終わりやないよ。新しい命の始まりだでね」と。
原口　……。
長谷　「ほんやからイエス様が十字架の上で死を乗り越えて復活されたように、死後、天国で先に亡くなった人と再会して、神の無限の愛に包まれて生き続ける」――。
原口　……。
長谷　そう考えれば、息子の死は決して嘆くようなことやなくて、永遠の命を得て安らかに生きることなんや、と。
原口　……。

長谷　息子の魂は天国に召されて俗事から解放されたんですわ。
原口　……。
長谷　ほんだから原口さんもそんなに悲しまんといてくだせゃあ。
原口　ふざけるなて。
長谷　え？
原口　本来、慰めの言葉かけてやるべきなのかもしれんけども、ええ機会やから今日は言わせてまうわ。これであんたも残された人間の気持ちが少しはわかったやないか？
長谷　……。
原口　葬式に出て十年前を思い出したわ。明の葬式。
長谷　……。
原口　あいつは自殺やなかったけど——。
長谷　……。
原口　身内が亡くなるゆう気持ちはみんな同んなじだわ。
長谷　……。
原口　心に浮かぶ言葉は「なんで」ばかりだわ。
長谷　……。
原口　なんでぇ？　なんでぇ？　なんでぇ？　なんでぇ？　ほんでも、誰《だあれ》もその問いに答えてくれん。

長谷　……。
原口　あんたが信仰に救いを求めるのは勝手やけど、俺に言わせりゃそれは現実逃避だわッ。
岡本　原口さん——。

原口　ほんならあんたこう言うんか。あんたが殺した明も、他の被害者《ひぎゃあしゃ》も、あんたの罪を苦に自殺した姉さんも、みーんな天国で幸せに暮らせるでこれでよかったんだ、と。
岡本　もう、やめときゃあて。
原口　ええか、あんたのせいで五人も人が死んどるんだぁ。
岡本　やめろっちゅうとるんだわッ。
原口　神様許してもそれを許さん人間だってぎょうさんおるんだわッ。
岡本　おい、ええ加減にせやあ——。

と原口をアクリル製の壁ごしに制止する岡本。

原口　……。
長谷　……。
岡本　大きな声を出されるんなら面会は打ち切りゅうことにせなならんですよ。
原口　すいません。

間。
遠くで蝉の鳴き声。

長谷　申し訳ありません。
原口　……。
長谷　おっしゃる通りですわ。

原口　……。
長谷　ほんやけど――。
原口　……。
長谷　そう考えんと心がバラバラになってまいそうで――。（と涙）
原口　……。
長谷　すいません。
原口　いや――こっちこそ興奮して悪かったね。

間。
遠くで蝉の鳴き声。

長谷　息子がこうなってみてよぉわかりました。原口さんのお気持ち。
原口　……。
長谷　わたしが亡くなった人たちにやらかしたことがどんだけひどいことやったか。
原口　……。
長谷　原口さんがわたしの刑のこと、いろいろとご尽力してくださっとることには感謝しかありませんけど。
原口　……。
長谷　わたしは自分の犯した罪はきちんと受け止めて――。
原口　……。
長谷　処刑の日を待とうと思っとりますで。

原口　……。

長谷は立ち上がる。

長谷　今日はありがとうございました。

長谷、岡本と一緒にその場から去ろうとする。

長谷　お会いできてよかったです。

原口　……。

長谷　気にせんどいてくださいね。原口さんの気持ち聞けて本当によかったです。

長谷、その場を去る。
岡本は原口を一瞥してからそれに続く。
舞台に残る原口。
と長谷の声が聞こえる。

長谷（声）「前略。先日はお訪ねいただきありがとうござゃあました。長男の自殺ゆう悲劇に直面して、本当に辛い思いを身をもって経験しました。愛する我が子を失って、初めてご遺族の皆様の深い悲しみとやりきれなさを今まで以上に知り、自分のしでかしたことがどんだけ罪深く許されんことか改めて思い知りました。これもわたしの反省の足りなさを息子が死をもって戒めてくれたんやないかと思います。これで息子に明さんの墓参りをしてもらう夢は永遠にかなわなくなりました」

原口はその場を去る。
舞台隅に岡本が出てくる。

岡本 なんで男は死刑囚を訪ねてこられるんか？　俺には理解できんまんまやった。事件の詳細。被告人から受刑者んなった長谷は、一九七九年に経営する車の修理運送会社の客やった若い男を海釣りに誘って、保険金目当てに船から突き落として殺害。しかし、契約上の問題から保険金を得ることには失敗。続いて一九八三年、従業員やった原口さんの弟の明さんを共犯者の男に鉄の棒で殴らせて殺害。遺体をトラックに乗せて京都府の山ん中の崖から転落させて、交通事故に見せかけて、二千万の保険金を受け取った。長谷は事件発覚前に明さんの葬儀に何食わぬ顔で列席しとった。さらにその年の年末、借金返済を迫るやくざまがいの金融業者を共犯者とともに鉄棒で滅多打ちにして殺害。遺体は海中に遺棄。──三回目の面会から一年後の夏。

岡本はその場を去る。

4　最後の面会

前景から一年後の同じ場所。
一九九五年八月。
原口が出てきて椅子に座る。
雨――。
原口は濡れたところを拭いたりしている。
反対側のドアがガチャリと開く音がして、岡本とともに長谷がやって来る。
椅子に座る長谷。

岡本　もう所長から聞いとらっせると思いますけど、そういうことだもんで、よろしくお願いします。

原口　……。

岡本は机へ。

長谷　ご無沙汰してまって。

原口　ああ。

何となく様子がおかしい原口。

長谷　どうかされましたか？
原口　聞いとらんかね？
長谷　ええ。

原口、岡本を見る。

原口　最後にしてほしいって言われてまってね、こういうの。
長谷　え？
原口　新しい所長さんのお達しだそうだわ。
長谷　ほうですかぁ。ほんならお目にかかれるのも今日が最後んなるかもしれんですね。
原口　……。
長谷　ほんだったら原口さん、今日は思い残すことなく言いてゃあこと全部わたしに言ってってちょうだゃあ。
原口　うむ。

雨――。

長谷　最後やと思うとなかなか言葉が見つからへんわ。

原口　ああ。

　　　雨——。

原口　その後、少しは落ち着かれたかね？
長谷　おかげ様で。そちらは？
原口　ま、相変わらずだわ。
長谷　そうそう。東京じゃこの前、大変な事件があったみたいやねぇ。
原口　東京？
長谷　ホラ、地下鉄の。サリン言う、毒まいたあれ。
原口　ああ。
長谷　まったく何考えとるんですかね。
原口　……。
長谷　あ、わたしにゃあ言われたないか。ハハハハ。
原口　……。
長谷　本当に感謝しとりますで。わたしみてゃあな人間とこうしてまた会ってくだれて。
原口　……。

　　　雨——。

長谷　「ありがとう」と「ごめんなさい」——。

原口　うん？
長谷　人間、この世から去る時いろんなこと言いますけど。
原口　……。
長谷　どんな人間も結局その言葉に行き着くんやと思います。
原口　……。
長谷　弁護士の稲田先生もおっしゃっとりました。他の言葉はいらんで。人間この二つの言葉をちゃんと使えればええんやって。
原口　……。
長谷　本当にほうだと思います。
原口　(うなずく)
長谷　……。

雨――。

原口　なんで弟だったの？
長谷　え？
原口　なんで殺す相手が弟だったの？
長谷　……。
原口　たまたまあんたの会社に勤めとったからかね。
長谷　……。
原口　こいつなら死んでも誰《だあれ》も悲しまへんやろうって思ったからか。

長谷　……。
原口　ずっと聞きたかったのはそのことだわ。
長谷　……。
原口　どうなの？

間。

長谷　ご存知だと思いますが、あの時、わたしは新しい事業に失敗してまって借金作ってやくざに追い込まれとりました。
原口　ああ。
長谷　自業自得やけども、何としても会社を潰したなかったんですわ。
原口　……。
長谷　従業員はみんな生命保険に入れとりました。
原口　……。
長谷　ほんである日、部下の川田と酒飲んで明さんの話をしとった時です。川田は言いました。
原口　……。
長谷　「あんな奴生かしといてもしょうがないが。殺して金にすりゃあええがや」――。
原口　……。
長谷　確かに明さんはそれまで居眠り運転や小さな事故をいくつか起こしとりました。
原口　……。
長谷　会社には三人のドライバーがおって。みんな若《わっ》きゃあ子でした。

原口　……。

長谷　そん時、わたしの腹は決まっとりました。問題《もんでゃあ》は、ほの三人の誰を殺すかだけでした。

原口　……。

長谷　ほの中で一番、交通事故起こしても不審に思われん人間――それが選択の基準でした。

原口　……。

長谷　ほんで――わたしは明さんを選びました。

原口　……。

長谷　今思えば、何ともタワケたことです。ほんやけど、当時のわたしには自分の目の前にある道しか見えとりませんでした。その道の脇にどんな花が咲いとるか見る余裕はまったくありませんでした。

原口　……。

　　　長谷、立ち上がる。

長谷　返す返す――。

　　　と頭を垂れる長谷。

　　　雨――。

原口　頭上げてちょうでゃあ。

長谷　（垂れたまま）……。

原口　答えてくれてありがとうね。
長谷　……。
原口　ほんやけど、勘違いせんどってな。何度も言うけど、俺は生きとる限りあんたを許すことは絶対にゃあで。
長谷　……。
原口　ほんやけど、周りの人間に不思議に思われながら俺はあんたから来た手紙読んで、そればかりかここに何度も通ってきた。
長谷　……。
原口　その理由が俺自身にもよぉわからんかった。
長谷　……。
原口　ほんやけど、今、それがようやくわかったような気がするわ。
長谷　（顔をちょっと上げる）

岡本もちょっと反応する。

原口　俺のさ、俺の心に空いてまった穴を埋めれるんのは、たぶんあんただけなんだわ。
長谷　……。
原口　仮にそれが怒りや憎しみみたいな気持ちでも。
長谷　……。
原口　俺が死刑制度に疑問を持ってまったのもそういうことだわ。
長谷　……。

原口 罪犯した奴が生きて償いせんかったら残された奴は決して救われんゆうことがわかったからだわ。

長谷 ……。

原口 弟亡くした俺の心を本当に慰めることができるんは、家族や信仰じゃにゃあて。自分の罪受け止めて、心から改心したあんたなんだわ。

長谷 ……。

原口 俺には、あんたが――必要なんだわ。

雨――。

原口、立ち上がる。

原口 また面会できるように所長さんに頼んでみるで。また来るね。

長谷、立ち上がる。

長谷、深々と一礼する。

原口 ……あ、一つだけあんたに謝らなあかんことがあった。

長谷 ハイ。

原口 あんたの絵のこと。俺に送ってきてくれた――鉛筆とボールペンで描いた。

長谷 それが何か?

原口 覚えとる?「なかなかのもんだわ」――前に俺がそう言って褒めたったの。

長谷　もちろんです。

原口　あれ、お世辞。もっと勉強した方がええよ。

長谷　……。

原口　嘘をついとってごめんな。（と微笑む）

長谷　ハイッ。（と涙）

それを見ている岡本。

岡本　……。

とそこに長谷の声が被る。

長谷（声）「原口家の皆様には、生涯、癒しえない悲しみと苦しみを与えてしまいまして、今もって計り知れんご迷惑をおかけしとることをここに改めて謝罪し、お詫び申し上げます」

長谷は岡本とともにその場を去る。

エピローグ

舞台に残った原口は、長谷の座っていた椅子を見ている。
と美しい歌声の讃美歌が聞こえてくる。

長谷（声）「原口様には、この罪深い愚か者に、生きて罪を償わせるべく機会を与えてくださろうと、減刑を求める恩赦申請にご協力いただきましたが、その甲斐もなく、残念ながら本日、この世を去らなければならなくなりました。ご期待に添えれず申し訳ありません。明さんにはあの世でお会いした時、土下座して謝って、この世で果たせなかった償いをさせていただく気持ちです。本当にありがとうございました。ほれではさようなら。再会の日まで」

とガタンと刑場の床が外れる音。
長谷の席に当たっていた明かりか消える。

原口　……。

原口は茫然と立ち尽くしている。
舞台隅に岡本が出てくる。

岡本　確定死刑囚・長谷敏之の処刑は二〇〇一年の十二月二十七日に名古屋拘置所内の刑場で行われた。享年五十一。堂々とした最期やった。死刑囚と外部の人間の面会や手紙のやり取りは改善の傾向にはあるんやが、基本的には拘置所長の裁量に委ねられとって、肉親以外の人間との面会はほとんど行われとらん。少なくとも俺が知る限り、このようなケースはその後、一度もあらへん。

と岡本が振り返ると、そこに原口と長谷がいる。
二人はアクリル製の板を挟んで座っている。
二人はまるで友達のような雰囲気で向かい合っている。
長谷の絵を取り出して、それを批評する原口。

岡本　（それを見て）……。

岡本はその場を去る。
舞台の上で談笑する二人。
と暗くなる

［参考・引用文献］

『弟を殺した彼と、僕。』（原田正治著／ポプラ社）
『「その日」はいつなのか――。死刑囚長谷川敏彦の叫び』（大塚公子著／角川文庫）
『絞首刑』（青木理著／講談社文庫）
『ゆれる死刑　アメリカと日本』（小倉孝保著／岩波書店）
『贖罪』（読売新聞社会部／中央公論新社）
『死刑　究極の罰の真実』（読売新聞社会部／中央文庫）

エッセイ編

情報誌『Vivace』に連載した「高橋いさをのコラム」より

演劇と犯罪

「ここにナイフで人を切り刻むことで快感を得る少年がいた。そんな彼ではあったが、彼は大人になった時に人々から感謝される人間になった。彼は外科医になったのである」

正確な引用ではないが、近代精神分析の父、ジークムント・フロイト博士が「昇華」という概念を説明する時に使った喩え話である。とても面白い喩え話だと思う。（フロイトは人間の精神活動をしばしば擬人化した比喩で語り、興味深い）なぜそう思ったかと言うと、わたし自身の姿にちゃんと重なるからだ。

わたしがもしも演劇というものに出会っていなかったら、間違いなく法を犯す人間になっていたような気がする。まあ、気がするのであってそうではないかもしれないが、本人の言葉だ。誤解を恐れずに書くが、アナタがそうであるようにわたしも変態である。変態という言葉が適切でないなら、心のなかに異常な要素を持っている。その異常性を現実の場で表現すると、わたしたちは警察に捕まるか、病院へ入院させられる。

しかし、その変態性、あるいは異常性を堂々と表現して人々から喜んでもらえる世界がある。言うまでもない。演劇――いや、広い意味で芸能の世界である。

そこでなら異常な殺人行為も、異常な性癖も、うまく描きさえすれば、観客の喝采を浴びるものに変貌する可能性を持っている。なぜなら観客が無意識に抑圧している変態性、異常性を映画や演劇は覚醒させ、共鳴させる場合があるからだ。美しい女子大生を誘拐し、監禁する孤独な青年を描く映画『コレクター』（ウィリアム・ワイラー監督／一九六五年）などはそのすぐれた例と考える。

演劇と犯罪は紙一重。その原理は「外科医になった切り刻み少年」とまったく同じものだと考える。

2011・10・24

俳優の動物性エネルギー

十月に北千住にあるシアター1010で今野敏さん原作の『隠蔽捜査』『果断・隠蔽捜査2』という二つの芝居に演出として関わった。二つの作品を同時に作るのは相当に大変だったけれど、作品の舞台が東《ひがし》東京なので、上演場所としてはぴったりである。作品の内容と地域性の相性のよさ。

ところで、わたしは大劇場での公演にそんなに慣れているわけではないが、大劇場の芝居というのは難しいものだとつくづく思う。空間が大きいと、演出の空間処理はもとより、俳優の演技をショーアップせざるをえず、自然な演技というものを拒むことになるからだ。

その劇場の空間に見合った演技の形態をよく知っている俳優がすぐれた舞台俳優だと思うが、ショーアップ＝演技のスペクタクル化には限界がある。そして、それを補うためにどうしても非動物的なエネルギー（科学技術）の介入を招く。そのバランスが俳優の動物性エネルギーを主体としたものなら、それは演劇であると考えるが、非動物性エネルギーに著しく依存することになると、それは演劇と言うよりショーアップされたイベントになってしまう。

そう考えると問題は演目ということになる。大劇場——いや、シアター1010というキャパ七百人の劇場に最も似合う演目があるはずなのだ。シンプルに言えば、それはミュージカルか時代劇ということになるのだが、「隠蔽捜査」も「果断」もそういう種類の演劇ではない。

シアター1010はとても見やすいよい劇場だと思ったが、この劇場に最も似合う演目は何か？　そんなことを考えながら客席から舞台を見ていた。そして、わたしが理想とする劇場とは、観客席が四百くらいの中劇場であるような気がする。まあ、大きな劇場に似合う演目があれば、その限りではないけれど。

2011・11・22

怪我の功名

「キャスティングとは、それらしい俳優にそれらしい配役をすることではない。真のキャスティングとは、その俳優の人生をキャスティングすることである」

これは故伊丹十三監督の言葉だ。キャスティングの本質を語ったよい言葉だと思う。しかし、だいたいのキャスティングはもっと現実的、世俗的な理由で行われていることが多い。テレビ・ドラマや映画のことはよく知らないが、芝居のキャスティングの場合、あからさまに言ってしまえば、どんなに適役であっても「チケットを売れないとダメ」という理由でキャスティングから外されるのが実情である。そこから推し量れば、テレビ・ドラマや映画のキャスティングも似たようなことは多いと思う。すなわち、「アイツじゃ数字が取れない」と。

ところで、アカデミー賞を獲った『フレンチ・コネクション』(一九七一年)という映画をご存知か。ジーン・ハックマンが型破りな刑事を演じた犯罪映画である。この映画でハックマンが追う麻薬組織のボス(劇中で「髭のシャルニエ」と呼ばれる)を演じたのがフェルナンド・レイという役者さん。ルイス・ブニュエル監督の映画で優雅で好色な中年男性などを演じたスペイン出身の俳優である。この映画は実話をもとにしたドキュメント・タッチの犯罪映画だが、「髭のシャルニエ」のキャスティングは、監督のウィリアム・フリードキンのちょっとした勘違いから実現したらしいことをDVDの特典映像で知った。当初は別の俳優にオファーしたかったたが、何かの間違いでフェルナンド・レイに話がいってしまったらしい。しかし、この役は彼が演じることで意表を突いた実に味わい深い役になった。粗暴なアメリカ人の刑事に対して上品なフランス紳士。そこにたぶん実話にはない鮮やかなコントラストが生まれた。怪我の功名である。

こう考えると、もしかしたらすごいキャスティングとは、案外、このように人知の及ばない偶然に支配されているのかもしれない。

２０１１・12・23

本番

余り上品な言葉ではないが、「本番」という言葉を聞くと、ちょっと面はゆい気持ちになる。逃げたくても逃げられないギリギリの行為。羞恥心や臆病さや自意識や迷いやその他もろもろのことを乗り越えて、勇気をもって潔く挑まないとできない行為。「さあ、本番だ！」とそこにいる人々がそれぞれに士気を鼓舞してかからないといけない行為。だから、その日、その瞬間にまさに行われる舞台公演や映画の撮影、テレビの生放送などを指すのは納得できる。「本番」という言葉からそういう一回きりの現場のピリピリした空気が伝わってくる。

しかし、一方、この言葉は、特にアダルトビデオや風俗店における性行為そのものを指すからややこしい。「新宿の風俗店○○では、キャバレーと名乗りながらホステスに本番行為をさせていた疑いが持たれ、警視庁に摘発されました」というように。確かに非合法の男女の性行為も「本番」だから、これはこれで納得できる。人前で自分の恥部をさらすという意味では、こちらの方が「本番」という言葉の本質により近いのかもしれない。わたしが「本番」という言葉を聞くとちょっと面はゆい気持ちになるのは、そういう連想をしてしまうからにちがいない。

ところで、かつて劇作家の別役実さんはこう言った。

「いわば我々は、ストリップ小屋へ、女たちの裸もしくは陰部を見に行くのではなく、そうした恥ずかし

い事をあえてしようとする女たちの決意を見に行くのである」(『言葉への戦術』/烏書房、一九七二年)

つまり、「本番」という言葉の裏側には、その人間の「決意」が隠されている。その文脈で言えば、わたしたちは俳優たちの決意を見るために劇場に足を運ぶのではないか。そして、本当にすばらしい舞台は、内容の良し悪しよりも、その日、その瞬間、舞台の上で観客の目の前で肉体を晒すことを受け入れた俳優たちの決意の深さにあるのではないか。

2012・2・18

興行と芸術

わたしは人気作家でも話題の演出家でもないので、毎回、公演をやる度に集客に苦労する。普通、演出家はあまりチケットを売らない人種だと思うが、わたしはチラシの郵送やメールを使って舞台の告知をして、チケットを自ら受け付ける。まったくもって演劇公演が大変なのは、観客がいないとそれが「演劇」と呼べるものにならないという演劇公演の構造による。

演劇人がアナタに対して口にする「ご来場を心よりお待ち申し上げます」という言葉にまったく嘘偽りはない。興行的な意味においても、芸術的な意味においても、来てもらわないと話にならないのだ。

興行的な意味とは、言うまでもなくチケット収入によって劇場費や人件費を捻出することを意味するが、芸術的な意味とは以下のような意味だ。百人入る劇場で、五十人の観客相手に演じられる演目と百人の観客相手に演じられる演目は、同じ演目であっても舞台成果が違ってくるのだ。舞台成果とは、その日、その劇場で生み出される感情の総量のことを言う。だから興行という側面のみならず、その演劇を芸術として高めるためにも劇場いっぱいの観客が必要なのだ。別の言い方をすれば、プロデューサーは金のために観客を必要とし、演出家は芸術のために観客を必要とする。

とは言え、そういう苦労にほとほと疲れた時、よく思い出すのはこんな言葉だ。

「ええか、よく覚えてときなはれ。あんたも物書きの端くれならお客さんが身銭切って何がなんでも見たいと思うもん書かなあきまへん」

正確な引用ではないが、つかこうへいさんの『つか版 忠臣蔵』というテレビ・ドラマ中で近松門左衛門が駆け出しの狂言作者・宝井其角に言う台詞だ。まったくもってその通りだと思う。大変なのはわたしだけではない。芝居を見に来てくれる観客もまた大変なのだ。少なくともわたしの原点は、こちらから無理に誘わなくても観客が自ら身銭を切って「見に行こう！」と思えるホンを書き、舞台にのせることだ。

２０１２・３・21

裁判官の一人称

時々、霞が関にある東京地方裁判所に行く。有名無名を問わず裁判を傍聴するためである。弁護士の友人がいて、その人に誘ってもらったのが直接的なきっかけだが、行ってみてびっくり。裁判の渦中にいる当事者には申し訳ないけれど、「下手な映画より断然面白い！」というのがわたしの裁判傍聴に対する感想である。しかも、こんなに面白いものが無料で見ることができるのだ！ だから、劇作家志望の人には裁判傍聴を強く奨める。

ところで、常々不思議に思うのは、裁判官の一人称のことである。裁判官は「わたしは」と言わない。ましてや「僕は」とも「俺は」とも言わない。では何と言うか？ 「裁判所としては」と言うのである。

最初は普通に聞き流していたが、傍聴を重ねるにつれてだんだんとその一人称が引っかかるようになった。裁判官はなぜ自分のことをそのように言い表すのか？　裁判官は個人を超えた存在であり、彼（彼女）が口にする言葉は、生身の人間を超えた法律の神が宣告するもの＝神託であると考えられているのだと思う。要するに「いいか、オレの言葉はオレ個人の言葉じゃないからね。これはオレ個人が言ってるんじゃなくて、公平無私の合議体＝法律の神様が言ってることだからね」ということを「裁判所」という一人称で表現しようと企図しているわけだ。それが「わたしは」ではなく「裁判所は」という言い方に帰結しているのだと思う。

しかし、わたしが小さな違和感を持つのは、裁判所は人でなく場所だからだ。「営業所としては」とか「託児所としては」、そういう場所を主語とした言い方に違和感を覚えるのと同じ。だからか、「裁判所じゃなくてアンタの意見を聞きたいんだよ！」と裁判官に向かって叫びたくなる時がある。だからと言って、被告人に対して「わたしの判決を言い渡します。主文、被告人を死刑に処する」と宣告することは、裁判というシステムを根底から揺るがす矛盾を秘めてはいるけれど。

2012・3・25

表と裏

わたしはいつも自宅を出ると、表通りに出て最寄り駅に向かう。だいたい日中である。しかし、帰りは表通りからではなく、裏道から帰宅する。だいたいは夜である。そして、行きは視界が開けた明るい表通りを、帰りは狭く暗い裏通りを歩きながら「人生にも表通りと裏通りがあるよなあ」と思う。

同じ意味において、一つの家屋にも表玄関と裏玄関があり、それらは家屋の性格をよく表現していると思う。表玄関はお客様を正式に迎え入れる時に使い、裏玄関は他人に余り見られたくない用事がある時に使う。御用聞きと呼ばれる人たちは、表玄関からではなく、裏玄関から出入りするのが普通である。

人間の人格においても「表裏がある」とか「表裏がない」という言い方をして、その人間の性格を表と裏という言葉で表現する。言うまでもなく表はその人の好ましい側面（サニーサイド）を、裏は好ましからざる側面（ダーク・サイド）を表す。人気があるテレビ・ドラマ『必殺仕事人』における殺し屋たちも表の顔と裏の顔を持ち、仕事人の首魁である中村主水《なかむらもんど》（藤田まこと）の表の稼業は南町奉行所の冴えない同心だが、裏の稼業では凄腕の殺し屋である。

この文脈において、ロバート・ルイス・スティーヴンソンが書いた『ジキル博士とハイド氏』を考えると興味が尽きない。これほど人間の表と裏＝精神の両極を非凡な着想で面白く描いた物語はめったにないという意味において、この小説は今もって普遍の輝きを持ち続ける傑作ファンタジーだと思う。

この小説に登場するジキル博士のもう一つの人格を体現するハイド氏こそ、裏通りを歩き、裏玄関から出入りするのが最も相応しい人間に思えるからである。

わたしは、時々、広い意味において劇とは、形式こそ違え、すべて『ジキル博士とハイド氏』のバリエーションではないかと思うことがある。なぜなら、作家は最終的に己の内面の善と悪、理性と感情、天使と悪魔を対決させざるをえない仕事のように思うからである。

2012・4・18

ウナギと黒澤

わたしの好物は鰻重である。毎日食べたいとは思わないが、たまに食べると実に美味い。ご存知の通り、鰻重にはお新香と肝吸いと呼ばれるお吸い物がつく。鰻に山椒《さんしょう》の粉をふりかけて食べるのが一般的な食べ方か。誰がどのような経緯でこのような食べ方を考案したのか知らないが、その味覚の取り合わせはすばらしく、芸術的と言っていいくらいだ。

「要するに日本映画はお茶漬けさらさらでしょ。そうじゃなくて、ステーキの上にウナギの蒲焼を乗せて、カレーをぶちこんだような、もう勘弁、腹いっぱいという映画を作ろうと」

これは映画監督の黒澤明が『七人の侍』（一九五四年）を作る時に語った言葉だそうである。戦国時代、村を守るために雇われた七人の侍が、襲い来る野武士たちと熾烈な戦いを繰り広げる物語を縦軸に、個性豊かな侍たちと農民の心の交流を横軸に織り込んだこの三時間二十七分に及ぶアクション映画を見終わると、極上の鰻重を腹いっぱい食べたような満腹感がある。黒澤明は確かステーキが好物だったことと併せて考えると、この映画は黒澤明の旺盛な食欲や味覚がベースに作られた映画だとは言えまいか。

作り手の食欲や好む食べ物とその人が作り出す作品との間には密接な関係があるというのがわたしの持論で、わたしはそれを味覚芸術論と称しているが、わたしの鰻重好きは、わたしが作り出す芝居にも大いに関係しているはずだ。つまり、脂っこくてしつこい。もっとも、年齢のせいか、最近は昔のように脂っこいものだけを好むわけでもないのだが、基本的に鰻やステーキなどのカロリーの高いものを好むわたしの味覚が、作り出す作品の味を決めていると思う。そんな食欲旺盛な黒澤が『用心棒』『椿三十郎』『天国と地獄』といったすぐれたエンターテインメント作品を連続して発表していたのが四十代から五十代――今のわたしの年齢である。

2012・5・20

両刃の剣

想像力は人間が人間であるための最も重要な力である。想像力――すなわち、一を見て百を知る能力。

演劇がすばらしいのは、映像表現などより断然、見る側の想像力が要求される点である。もちろん、下手をすると、それはいたずらにわけのわからないものになる可能性があるが、観客の想像力を誘発する仕掛けがうまく働けば、観客はこちらがわざわざ描かなくても、その場面の情景や登場人物の心情を勝手に想像してくれるものだからだ。机と椅子だけのシンプルな舞台装置が映画『タイタニック』のスペクタクルに匹敵する豊かさを持つ時があるのだ。それは世阿弥が言った演技の極意「秘すれば花」という精神にも一脈通じているように思う。そして、わたしが演劇に惹かれる最大の理由はそこにあると言える。

また、日常生活において、豊かな想像力がポジティブな形で発揮されると、それは相手への「思いやり」とか「配慮」という人間の美徳となって表現される。「相手の立場になって考える」とは、要するに想像力によって自分以外の人間の人生を思いやることに他ならない。何が腹立たしいかと言って、こっちの立場を考えることのない＝想像力のないヤツと付き合うのだけは御免だ。

しかし、ややこしいのは、豊かな想像力はポジティブにだけは働かない点である。嫉妬や憎悪や憤怒という感情も、要するに豊かな想像力の産物である。「彼氏が別の女と浮気しているかもしれない！」と歯ぎしりして煩悶する時も、「アイツだけが出世して、オレは出世できないのは不公平だ！」と世の理不尽さに地団駄を踏む時も、「アタシをフッて傷つけたあの男が、別の女と結婚するのが許せない！」と私怨に燃える時も、みんな想像力が関与している。そして、豊かな想像力は時に人間を狂気の世界へと追い込み、とんでもなく残酷な犯罪を引き起こす。想像力の豊かさは両刃《もろは》の剣なのである。問題はそんな両刃の剣である想像力という力をいかにコントロールして使うかということだと思う。

翻って、その力は、「原子力」という強大なエネルギーの使い方にも似ている気がする。

舞台の携帯電話

2012・6・16

わたしが演出した舞台に初めて携帯電話が出てきたのは、演劇集団キャラメルボックスが上演した『また逢おうと竜馬は言った』だったと思う。一九九二年、場所は聖蹟桜ヶ丘のアウラホールだった。今からちょうど二十年前だ。もしかしたらそれ以前にも出てきたかもしれないが、わたしたちが演じていた芝居のスタイルは、いわゆる「無対象演技」だったので、小道具として携帯電話が舞台上に出てきたのはあの舞台だったと記憶している。二つ折りのえらくごついデザインのもので、スマホ時代の今の目で見ると隔世の感がある代物だった。

携帯電話にせよ、スマートフォンにせよ、パソコンにせよ、こういう高度なコミュニケーション・ツールは、実生活で使うぶんには便利であることは間違いないが、板＝舞台にのせにくいものである。現代劇の場合、携帯電話を使わざるをえない局面があり、わたしは何度も携帯電話を使用しているが、舞台の上手と下手に俳優が立ち、携帯電話でやり取りしている姿は、見ようによれば非常に間抜けな光景である。これに輪をかけて間抜けに見えるのが舞台の上のパソコンである。だから、わたしはまだ一度も舞台上にパソコンをのせていない。

なぜ携帯電話やパソコンを舞台上にのせにくいのか？　それは、これらが舞台空間とは水と油のように相性が悪いせいだと思う。なぜなのかと考えると、舞台というメディアが俳優＝人間の動物性エネルギーによって輝く場所であるからに他ならない。考えてもみてほしい。舞台上で俳優が熱心にパソコンのキーボードを叩いている姿を。舞台上で俳優がチマチマとスマホの画面をスクロールしている姿を。やっていることが個人的過ぎて、台詞の書きようもない。その姿は人間の身体の魅力を著しく圧殺しているのである。つまり、平たく言えばまったく絵にならない。

世の中にはパソコンを舞台上に出して効果的に使い、成功した現代劇もあるかもしれないが、少なくともわたしの発想だと、それは不可能なことである。

2013・2・20

イギリス映画とミステリ

わたしが住む町のTSUTAYAの店内に「発掘良品コーナー」というのがあり、そのコーナーのベスト5に『ジャガーノート』（一九七四年）がランクインしていることを知った。『ジャガーノート』ファンとしては嬉しい限りで、「なかなかいい選球眼をしてるじゃないか！」と喜びもひとしおである。

「ジャガーノート」（海神）と名乗る謎の男が豪華客船に仕掛けた爆弾をめぐって、犯人と警察当局、船に潜入した爆弾処理班の人々の攻防を描く海洋パニック映画の佳作。監督はリチャード・レスター。わたしが本作を初めて見たのは高校生の時だったが、大人になって見直して気づくのは、本作はアメリカ映画ではなくイギリス映画だということである。

高校生の時は、フランス語と英語の区別もついていなかったから無理もないのだが、アメリカ映画とイギリス映画の違いもまるでわからなかった。なにせともに英語をしゃべっているのだ。しかし、洋画を見出して長い時間が経ち、出演者、映画の作り方や画調を見ると、その映画がアメリカ映画かイギリス映画かを区別することはできるようになった。一言で言うと、アメリカ映画は画面が明るく、イギリス映画は画面が暗いのである。本作もその例外ではない。

これはその映画を作っている国の自然環境に大きな要因があると思う。イギリス映画がいろんな意味で暗いのは、イギリスという国の気候条件のせいだと思う。イギリスに行ったことがないので確かなことは言えないが、晴れの日が少なく曇りの日が多いのではないか。

ところで、イギリスでミステリが発達したのは霧のせいだという説がある。ロンドンは霧が多い街だと聞く。さもありなんと思う。霧＝ミストゆえに実体がはっきりしない風土は、謎というものをより身近に体感させるにちがいないからである。そもそもｍｙｓｔｅｒｙの語源はｍｉｓｔであるらしい。

２０１３・３・21

配偶者の呼称

男性が結婚した女性を他人に紹介する時、どのような言葉を使うかは人によって違う。「妻です」「女房です」「家内です」「連れ合いです」「嫁です」「奥さんです」「ワイフです」

さしあたって思いつくのは以上のような言い方だが、わたしの場合、使う言葉は一定していず、時と場所によってこれらを使い分けているような気がする。主に使うのは「奥さん」である。言葉としては「家内」を使いたいのだが、回転しない寿司屋で「上がりちょうだい」と言うのと同じで、その夫婦に年季がないと、この言葉はサマにならない。

逆に女性が結婚した男性を他人に紹介する時も同様にいろんな言い方がある。

「夫です」「旦那です」「亭主です」「主人です」「ハズです」「ダーリンです」

夫のことを「旦那」とか「亭主」とか呼ぶのは、いかにも日本的な夫婦関係を表しているように思うが、要するにこれらは封建主義時代、男が愛人を持つことが公然と認められていたことの名残だろうか。かく言うわたしも時々、妻から「主人です」と呼ばれることがあるが、もともと頼りない男なので「主人」と呼ばれるとちょっとドキッとして「そうかっ、俺がメインだったのか！」と再認識して気を引き締める。けれど、正直に言うと、わたしとしては「副主人」くらいの方が居心地はいい。こんなことを言うと責任を放棄しているように聞こえるかもしれないが。

どちらにせよ、真の男女平等を実現するためには、配偶者の呼称が重要だとわたしは考える。

２０１３・７・19

ありがとう、ごめんなさい

わたしの両親は幸い二人とも元気だが、ともに八十歳を超えているので、別れがそんなに遠くないことは覚悟している。そして、ふと両親が亡くなる時、わたしはどんな言葉をかけるのだろうと考えた。いろいろ考えた末に辿り着いた言葉は以下のようなものだ。

「さよなら。いろいろありがとう。いろいろごめんなさい」

つまり、感謝と謝罪である。思うに、両親に限らず、人間が最愛の人と別れる時の究極の言葉はこういうものなのではないか。わたしの幸福を我がことのように考えて便宜をはかってくれたことに対する感謝。金銭面、精神面ともにわたしの人生を支えてくれた恩情に対する感謝。世の中には両親を憎まざるをえないような不幸な人もいるにはちがいないが、大概の人はわたしの意見にうなずいてくれるのではないか。

しかし、後半の謝罪に異論がある人はいるかもしれない。なぜ謝る必要があるのか、と。けれど、子供というものは根本的には親に対して冷淡なものであると考えると、生前にしてやれなかったことや必ずしも順風満帆ではない子供の人生に対する気苦労に対して詫びたい気持ちにもなるというものである。少なくともわたしは謝罪すると思う。孝行らしい孝行をしてやれなかったことに対する謝罪。今までわたしが起こした親の気持ちを裏切るような行いに対する謝罪。つまり、懺悔《ざんげ》の気持ち。

まあ、こんなことを考えるのは、わたしが大した金にもならない演劇などという水商売の世界に身を投じ、迷惑ばかりかけてきた不肖の息子であるからかもしれないが。

2013・8・26

スチュワーデスと看護婦

スチュワーデス――かつてそのように呼ばれたこの職業は、現在は「フライト・アテンダント」と呼ばれる。いつからそのように呼ばれるようになったのか気になったので調べてみた。

「一九八〇年以降、アメリカにおけるポリティカル・コレクトネス（言葉や用語に社会的な差別・偏見が含まれていない公平さのこと）の浸透により、性別を問わない『フライト・アテンダント』という単語に言い換えられた影響で、この和訳である『客室乗務員』という言葉が正式とされるようになった」（「Wikipedia」より）

これと似たような呼称に「看護婦」がある。

「二〇〇二年からは法律の題名が『保健師助産師看護師法』と改正されるとともに男女関わりなく『看護師』または『准看護師』として規定されるように改正された」（「Wikipedia」より）

いずれも時代の変化とともに改正を余儀なくされた呼称だと理解できるが、幼い頃に刷り込まれた呼称は簡単には抜けず、わたしは未だにスチュワーデス、看護婦ともに使ってしまう。芝居の台詞としてこれらの呼称を考えても、「看護婦さん」と「看護師さん」、「スチュワーデスさん」と「フライト・アテンダントさん」は確実にニュアンスが違い、わたしは女性の柔らかさをイメージできる前者の方が好きである。何よりバブル景気に沸いた一九八〇年代に盛んに使われた「スッチー」という揶揄と憧れがないまぜになった呼称が使えないのが寂しい。

2013・9・23

華麗な演技

「華麗な演技」という文字に惹かれてネットの記事を読んだら、それは舞台の話題ではなく、フィギュアスケートの記事だった。そして、フィギュアスケートの世界でも選手のパーフォーマンスを「演技」と呼ぶことを改めて思った。

「演技」と言うと、わたしは舞台におけるそれを思い浮かべるが、フィギュアスケートの人たちは、氷上における選手のパーフォーマンスのことをそう呼ぶのだ。フィギュアスケートだけでなく、体操の世界でも選手のパーフォーマンスのことをそのように呼ぶはずだ。もちろん、それぞれの世界における「演技」は、まったく違うものではあるけれど、本質は同一のものではないかと考えた。

フィギュアスケートや体操などの「演技」に比べて、舞台の「演技」は地味な感じがするかもしれない。なにせあっちは「四回転ジャンプ」やら「月面宙返り」やら繰り出して観客をあっと言わせようと企てているヤツらの世界だ。しかし、鮮やかな技で観客をあっと言わせようとしているのはこっちも同じだ。だから、舞台における「演技」も観客に見せる＝魅せるものでなければならない。違う言葉で言えば、どの世界における「演技」も、閉じられたものではなく開かれたものでなければならない。そういう意味では、フィギュアスケートの「演技」も、体操の「演技」も、舞台の「演技」も、その本質は同一のものである。

演技とは最低限、観客を魅了するものでなければならないとわたしは思う。

2013・11・27

裁判の見巧者

頻繁に裁判所で裁判を傍聴するようになって気づいたのは、裁判官は無数にいるわけではなくて有限であるという当たり前の事実である。したがって、裁判の進め方や判決の出し方などに、その裁判官の個性があるにちがいない。

滝島「あいつ（裁判官）、被告人が若い女だと厳しいんだよな。過去によっぽどひどい女に引っかかったことがあるんじゃねえか。ハハハハハ」

拙作『モナリザの左目』（論創社）に出てくる弁護士・滝島の台詞である。想像で書いた台詞だが、案外、真実を突いた台詞ではないだろうか。裁判を進行させる中心人物であるにもかかわらず、裁判官その人に世間の注目が集まることは少ないように思う。もちろん、重大事件の判決が出ると、「○○裁判長は、『犯行の態様は極めて悪質で、被告人の不幸な生い立ちを考慮しても極刑はやむをえない』として死刑判決を言い渡しました」というように名指しで報道されることもあるにはあるが、その裁判官の名前はいつの間にか無名性のなかで消えてしまう。

どちらにせよ、裁判官とて人間である。いくら職業裁判官としての統一的なマニュアルを持っているにせよ、そこには個性が存在するはずである。それがわかった時、わたしは文字通り「裁判通」と呼ばれる見巧者《みごうしゃ》になったと言える。そういう見方は、出演者（被告人）ではなく、監督や演出家の名前で映画や芝居を見るのと同じであると思う。

2013・12・24

フランス映画の今

フランス映画を見なくなって久しい。わたしが映画を熱心に見出した一九七〇年代は、まだフランス映画が健在で、その代表的な俳優はアラン・ドロンとジャン＝ポール・ベルモンドだった。一九七六年のモントリオール・オリンピックで日本中の話題をさらったルーマニアの体操選手ナディア・コマネチがインタビュアーの「好きな男性のタイプは？」という質問に「アラン・ドロン」と答えたのはよく覚えている。

その後、一九八〇年代のフランス映画を担ったのは、ジェラール・ドパルデューという鼻のでかい俳優だった。それ以前のフランスを代表する俳優と言えば、言うまでもなくジャン・ギャバンであり、イヴ・モンタンであったと思うが、わたしは彼らの映画をリアルタイムで見た世代ではない。

一九九〇年代以降、アメリカ映画の俳優の名前は自然に覚えていても、フランス映画の俳優の名前はほとんど出てこない。出てくるのは『レオン』のジャン・レノくらいか。現在、フランス映画のスターは誰なのだろう。追想すると、かつてのフランス映画には名作、傑作がたくさんあった。『恐怖の報酬』『太陽がいっぱい』『死刑台のエレベーター』『冒険者たち』『アメリカの夜』などなど――。

現在のフランス映画がパッとしないように感じるのは、作品自体が日本に輸入されていないせいか、見るべき作品がないせいか。『最強のふたり』（二〇一一年）は最近見たフランス映画の秀作だったが。

2014・1・28

体験する映画

「観るのではない。そこにいるのだ」

3D映画の先駆的作品『アバター』（二〇〇九年）のキャッチ・コピーである。過日、3D映画『ゼロ・グラビティ』（二〇一三年）を見て昂奮したが、3D映画の魅力をよく語ったキャッチ・コピーだと思う。そして、人類の視聴形態は次のように変化しているのではないかと考えた。

《読む》→《見る》（聴く）→《体験する》

映画鑑賞と言い、観劇と言い、観戦と言う。しかし、見るだけで満足できなくなった人類は、ついに体感することを求めるに至ったということである。とは言え、3D向きの題材とそうではない題材の映画はあり、例えば、『ゴッドファーザー』を3D映像で見ても面白くないとわたしは思っているが、もしも、映像技術が進化して、観客が『ゴッドファーザー』の世界に入ることができるようになったら、これは革命的にすごいと思う。つまり、映像が立体的に見えるとかそういうレベルを超えて、作品世界の中に観客が入り込み、マフィアのボスであるヴィトー・コルレオーネの自宅の居間で彼を垣間見ることができるなら、これは文字通り一つの体験に他ならず、もはや映画鑑賞とか観劇のレベルではなく、ある種の観光旅行と言える。そこでは観客にとっての臨場感はほぼ一〇〇パーセントである。

あと五十年もすれば、観客が作品世界の中へ入り込み、登場人物と同じ時間と空間を生きるような形式の映画鑑賞が可能になるのだろうか。

2014・2・19

検索の冒険

　先日、演劇の専門学校の卒業公演として上演した『交換王子』は、マーク・トウェインの『王子と乞食』を、現代を舞台に翻案した芝居である。もともとは『リプレイス』というタイトルだったが、今回、タイトルを変えた。そして、ふと、ネットで「交換王子」を検索したらどんな情報が出てくるか興味を持ち、実行してみて驚愕した。以下のような記事が現れたからである。

「矢東タイヤ 王子店 店舗ページ」

　王子にあるタイヤの店舗のページが出てきたのである。たぶんタイヤを交換してくれる店なのだろう。『交換王子』の稽古をしている最中、わたしは一度として「王子のタイヤ店」のことを考えたことはなかったので、このアクロバティックな位相の転換にわたしはほとんど目眩《めまい》を覚えた。大企業の御曹司と貧乏劇団の役者が入れ替わるという内容の『交換王子』がタイヤ交換をしてくれる「王子のタイヤ店」に飛んだわけだから。

　しかし、わたしは「交換王子」をネットで検索してみてつくづくよかったと思う。検索しなければ、わたしはこのような驚愕を味わうことはできなかったわけだから。この検索を通して、わたしは世の中の多様さを、この世に住む人々の価値観の相違を強く、強く実感したのだった。そして、自信を持って言えるのは、「交換王子」をネットで検索して「王子のタイヤ店」に出会い、驚愕したのは、七十二億人もいるこの広い世界でわたしただ一人だけだ。

2014・3・26

合理的疑問

わたしは、『十二人の怒れる男』（一九五七年）という映画を通して「合理的疑問」（reasonable doubt）という言葉を知った。陪審員制度において、検察官に有罪を宣告されている被告人の犯行に「合理的疑問」があるかどうかが被告人の有罪、無罪を決める根拠となる。「合理的疑問」があれば、被告人は無罪、なければ有罪と判断するのが陪審員制度であるとわたしは認識している。

ところで、先日、とある邦画を見た。連続爆破事件とその犯人を追う刑事を主軸にしたサスペンス・アクション映画で、最終場面で大きな爆発がある。映画だから、最終場面に大きな爆発があって全然構わないのだが、わたしはその大きな爆発を理屈に合わないと感じた。爆発の犯行者は単独犯の若い女である。とすれば、そんな大きな爆発を実現する能力は彼女にはないと思ったからだ。大きな爆発を実現するには、たくさんの爆弾を仕掛ける必要があり、複数の共犯者がいるならまだしも、それを短時間に女一人でできるはずがないと思ったのだ。つまり、作品に対して「合理的疑問」を持ったのである。

すぐれた作品は――つまり、すぐれた劇映画やすぐれた演劇やすぐれた小説は、その作品を鑑賞する観客に「合理的疑問」を抱かせないものだとするなら、陪審員制度における有罪、無罪を決める根拠とその作品が面白いか否かを決める根拠は直結していると思う。「合理的疑問」を観客に抱かせない作品がすぐれた作品なのだ、きっと。

２０１４・４・31

プラスとマイナス

あなたの大好きなものを何か一つテーマとして挙げたとして、あなたがその魅力を語る時、それに対する賛成意見もあるが、反対意見も当然あるはずである。

例えば、酒。人間関係の潤滑油であるとか、酩酊の心地よさとか、味わい深さとか、ストレス解消とか、いくつも酒の魅力について語ることはできるが、反対に、酔っ払いの見苦しさとか、健康への害とか、現実逃避であるとか、酒の持つデメリットを指摘することも可能である。

例えば、猫。とにかく可愛いとか、孤独が癒されるとか、手足の肉球を触ると気持ちいいとか、成長を見守るのが面白いとか、いくつも猫の魅力について語ることはできるが、反対に部屋を不潔にするとか、ミャアミャアうるさいとか、年をとると可愛くなくなるとか、猫のデメリットを語ることも可能である。愛とか正義とか家族とか、一見、ケチのつけようもないそういうテーマでさえデメリット＝負（マイナス）の側面がある。

それが大好きだということは、好きだと主張する人間が、どれだけ好きなもののデメリットを深く細やかに理解しているかどうかなのではないかと思い至る。好きなものの正（プラス）の側面だけではなく、負（マイナス）の側面までをすべて囲いこんで、「それでもオレは〇〇が好きだ！」と主張する人の言葉には説得力があると思う。それは、酒や猫だけではなく、人間に関しても同様である。

２０１４・５・12

電子の要塞

某日、赤坂にあるテレビ局の編集室へ行く。テレビ番組の打ち合わせのためである。都会の真ん中にその威容を誇る電子の要塞。今まで何度かテレビの仕事をしてテレビ局へ来たことはあるが、いつも疑問に感じるのは、テレビ局はなんであのように迷路のように入りくんだ作りになっているのだろうという点だ。同じような廊下がいくつも複雑に伸びて、同じような部屋がズラリと並ぶ。そのややこしい建物の構造には、来客に対して「ふふふふ。迷わんか、コラ！」という設計者の悪意さえ感じる。

そして、ふと、二・二六事件のことを思い出した。昭和十一年、陸軍の皇道派の青年将校が武力による政治改革を目ざして起こしたクーデター事件。あの時、放送局は反乱将校らに占拠される可能性があった。あの事件以降、もしかしたら、そういう可能性を前提に、時の政府は、ラジオ局やテレビ局の建設に際して、故意的に建物内部を複雑にする方針を打ち出し、その方針が今でも秘密裏に実行されている可能性はあるのではないか？

ところで、五十嵐貴久さんの小説に『TVJ』（文春文庫）というのがある。テレビ局を占拠したテロリストと女性テレビ局員の攻防を描くアクション小説である。現代を舞台に新しい『ダイ・ハード』を作るなら、テレビ局を舞台にしたそれを見てみたいとわたしは思う。テレビ局のあの迷路のようなビル内を縦横に行き来して展開する鬼ごっことかくれんぼを主軸とした活劇は、さぞかし面白いのではないかと想像する。

2014・5・26

畳の部屋

ちょっと前に、畳の需要がめっきり落ちているという記事をネットで見かけた。さもありなんと思う。昔ながらの飲食店（和食関係）に行くと、畳の部屋があり、座蒲団を敷いて畳の上に座り飲食するが、住居空間において、畳の部屋で食事したり、テレビを見たり、睡眠を取ったりすることがほとんどなくなった。つまり、これは、外食以外に生活空間における和室の必要性が非常に少なくなっていることを意味している。

和室の減少は、そのまま和室における飲食の習慣や作法の衰退も意味している。正座や正座をしたままお辞儀をする作法、お茶や生け花の作法など。わたし自身、正座するという習慣が生活のなかからほとんど消えた。たまに正座する場面に直面すると慣れていない足が悲鳴を上げる。

　和室や畳がなくなるということは、その空間を必要とした精神がなくなるということである。大袈裟に言えば、「和の心」の喪失である。このような事態は、歴史的必然性を持っていることかもしれないが、それだけで済ましてしまっていいものか？

　畳のない家屋を日本の家と呼べるのか？　わたしたち日本人は、少し無理をしてでも和室＝畳のある部屋を死守すべきなのではないか？　和室＝畳のある部屋を守ることは、和の心を守ることと同義であるはずだからである。少なくともわたしは畳の部屋の居心地のよさを愛している者の一人だ。

　……と演説をしたものの、わたし自身、そのうちに「ニューヨークに住みたい！」と言い出す可能性は十分にあるけれど。

２０１４・６・25

劇的な台詞とは

「さよなら」――普段、よく使う言葉である。例えば、学校が終わり、アナタが同級生と駅で別れる時に発する言葉。しかし、この言葉をビルの屋上から飛び降りて今まさに自らの命を断とうとしている人が振り向きざまにアナタに発したとしたら、この言葉は非常に重い。

「こんにちは」――普段、よく使う言葉である。例えば、ゴミを出しに家の外に出たアナタが、隣の家に住む主婦と顔を合わせた時に発する言葉。しかし、この言葉を夫のＤＶによる暴力から逃げ出し、平和な生活を営むアナタの元に再び現れた件《くだん》の夫が発したとしたら、この言葉は非常に重い。

「おやすみ」――普段、よく使う言葉である。例えば、なかなか眠らない幼い我が子の髪を撫でながらべッドでアナタが発する言葉。しかし、この言葉を異様な出で立ちの殺し屋が恐怖に震えるアナタのこめかみに拳銃の銃口を当てながら発したとしたら、この言葉は非常に重い。

「はじめまして」――普段、よく使う言葉である。例えば、仕事で出会った未知の男性に名刺を差し出しながらアナタが発する言葉。しかし、この言葉をとあるパーティーで、近い将来、その人と結婚することになるアナタが彼に発したとしたら、この言葉は非常に重い。

翻って、劇的な台詞とは、普段よく使う当たり前の言葉を、いかにして重く使うことができるか――ということのような気がする。いい台詞は、日常使う普通の言葉を独創的な局面において使い、劇的なアイロニーを纏《まと》わせるのだ。

2014・7・23

「無駄にするな!」

ラッセ・ハルストレム監督による映画『マイライフ・アズ・ア・ドッグ』(一九八五年)を直訳すると、「あの犬よりましな僕の人生」となる。この映画は、一九五〇年代、スウェーデンの田舎町に住む一人の少年が「人工衛星に乗せられて宇宙へ打ち上げられたライカ犬よりも自分の人生はましだ」と思いながら生きる過酷な少年時代を温かい視点で描いた映画である。

ところで、日本航空123便が御巣鷹山に墜落して二十九年。あの事故で犠牲になった人々の無念に思いを馳せると、どんなに辛くても、こうして生きているわたしの人生もそんなに捨てたものじゃないと思えたりする。

あの未曾有の航空機事故がわたしたちにもたらしてくれたのは、つまるところ、そういうものであるように思う。もしかしたら、自分が123便の乗客であったかもしれない可能性を想像することは、自分の生と向き合うことを意味する。つまり、御巣鷹山に散った五二〇人の命は、とかく無為に今を生きがちなわたしたちに対して「無駄にするな！」という無言のメッセージを発し続けているのである。

いや、あの事故のみならず、ある状況下で無念のうちに自らの生を断ち切られた人たちの存在は、常にそのような社会的な意義を持っている。『ロミオとジュリエット』がすばらしいのは、二人の燃え上がるような愛の深さにあるのではなく、二人の死によって対立していたモンタギュー家とキャピレット家が命の尊さに気づき、和解に至るという点である。

２０１４・８・22

「このドラマはフィクションです」

「このドラマはフィクションです。描かれた内容は、実在するいかなる個人、団体とは一切関係ありません」

テレビ・ドラマが終わった後、こんなテロップが映し出されるのを初めて見たのは、確か刑事ドラマ『太陽にほえろ！』だったと思う。つまり、わたしが小学生の高学年くらいの頃。内容はまったく覚えていないが、ドラマに感動したわたしは、最後にテレビ画面に表れるこの文字にえもいわれぬ格好よさを感じたものだ。それはたぶんこんなにいいモンを見せてもらったのに、それをわざわざ「嘘なんですよ」とへりくだってみせるその謙虚さに感じるものがあったからにちがいない。だってそうではないか。いいドラマなのである。本来なら「このドラマは真実です。描かれた内容は、実在するいかなる個人・団体とも密接に、深く関係しています」と言ってほしいではないか。

言ってみれば、そのテロップは、川で溺れている人を命がけで助けた勇気ある人が、名前を尋ねられても「名乗るほどのものじゃありませんよ」と照れくさそうに微笑むそれのようであった。この種の「断り書き」は、今でも映し出される時があるから、ドラマ制作の一つのフォーマットになっているのだと思うが、ドラマの内容がよければよいほど格好いい。しかし、逆にドラマの内容がつまらないと、「当たり前だろうが！」という気持ちになるから、取扱いが難しい「断り書き」である。それは川で溺れている人を助けられなかったのに「名乗るほどのものじゃありませんよ」と格好つけられたら「ふざけんな！」と言いたくなるのと同じだ。

２０１４・９・22

生き急ぐ人生

わたしはどうやらせっかちであるらしい。わたしに対して「あなたはせっかちです！」と正面から指摘したのは、妻とかつてわたしの演出助手をやってくれたKくんだけだが、他の人もそう感じていても、なかなかそれを口にできないのかもしれない。

ところで、数年前にとある芝居で歌舞伎俳優の中村扇雀さんとご一緒した時、飲みの席で扇雀さんから若くして亡くなった中村勘三郎さんに関するこんなエピソードを聞き、とても印象に残っている。

「せっかちな人だったねえ。人から電話がかかってきて、その受話器を兄さんに替わるために差し出すと、受話器を口に当てる前にしゃべり出すような男だったからねえ」

この話を聞いて以来、わたしはせっかちと言うと、勘三郎さんのこのエピソードを思い出すようになった。

そして、もしかしたらせっかちな人ほど夭逝してしまう傾向があるのではないかと考えた。せっかちな人は、日々の細々とした行動のみならず、自分の人生さえせっかちに生きてしまうのではないか、と。彼は人生を生き急いでしまうのだ。中原中也、太宰治、芥川龍之介、寺山修司、レーモン・ラディゲ——思い付くままに夭逝した芸術家の名前を挙げたが、彼らも同様にとてもせっかちな人たちではなかったか？もしも、その日一日がその人間の人生を象徴しているのだとするなら、わたしの推理もあながち間違っていないのではないか？

２０１４・10・20

それぞれの「仕込み」

舞台用語としての「仕込み」とは、舞台が始まる前日に舞台装置を組み立てたり、照明を吊り込んで本番のための準備をすることを意味する。しかし、この言葉は必ずしも舞台用語としてだけ使われる言葉ではなく、別の分野においても使われる。例えば、飲食店における「仕込み」は、来店客に提供するための食材を事前に用意し、それを調理して、来店客から注文があったらその料理を提供できるようにしておくことだろう。舞台も飲食店も、やって来るお客様に満足してもらうための準備という点では同じである。

わたしの知る限り、この言葉はもう一つの別の分野でも使われる。詐欺師の世界である。詐欺師の世界で使われる「仕込み」は、カモ（＝狙った相手）を騙すためにさまざまな準備をすることを指す。詐欺師映画の傑作『スティング』（一九七三年）に倣って英語で言えば、「Set up」である。そこでは、さまざまな偽装工作が行われ、カモの目をくらまし、大金を騙し取る。お客様の満足＝利益のために「仕込み」をする演劇や飲食店の人々に対し、詐欺師の世界ではお客様の不利益を企ててそれを為す点が大きく違う。詐欺が犯罪である所以である。

しかし、演劇、飲食店、詐欺師――分野は違っても、それぞれの世界の名人たちは、常に周到に「仕込み」をするはずである。なぜなら彼らは長年の経験から知っているからだ。「仕込み」さえキチンとできていれば、勝利はほとんど手にしたのも同じだ、と。

２０１４・11・24

感謝の気持ち

「T社長のように爽やかに、誰に対しても、呼吸をするのと同じくらい自然に『ありがとう』という人を、私はまだ見たことがない」

これは、日頃からお世話になっている弁護士のHさんのブログにあった言葉である。T社長とは、Hさんが顧問を務める会社の社長さんとのことだ。Hさんは、T社長に触発されて仲間とともに「10Antsの会」というのを発足したらしい。この会は、「一日十回、他人に対して『ありがとう』と言うことを義務づけて、それに反したら罰則を設ける」という会であるという。（「10Ants＝蟻が十匹でありがとう」という意味だ）

微苦笑を誘うささやかなる運動だが、わたしはすばらしい運動だと思う。「ありがとう」という言葉こそ、わたしたち人類が世界に向き合う時の最も基本的な態度を表す言葉だとわたしも思うからである。T社長は、海外留学の経験を持っていて、そういう外国での生活が血肉化して「ありがとう」という言葉を自然に口にできるようになったらしい。「愛してる」同様、「ありがとう」も、その国の人々の宗教との関わりの深さが根底にあると思われる。わたしたち日本人は、「愛してる」も「ありがとう」も口にするのを苦手とする民族であるにちがいない。例えば、わたしを含めて、今の日本に食の恵みに感謝する心を持ち、食事の際に祈りを捧げる人間がどれほどいるか？

ところで、たぶんT社長は奥様にキチンと「愛してる」と言葉で伝えることができる御方であると想像する。

２０１４・12・22

作品は子供

新しい戯曲集『海を渡って～女優・貞奴』（論創社）が間もなく書店に並ぶ。わたしはたくさん戯曲集を出している。全部で十五冊。数だけで勝負するなら、別役実か高橋いさをかというくらいの数ではないか。ずいぶん前のことだが、大きな書店に行き、演劇書のコーナーへ行ったら、「高橋いさをコーナー」があった時は感動した。まあ、三十年も芝居の世界に関わっているのだから、そんなこともあって当たり前なのかもしれないが、自作が本になって書店にズラリと並んでいるのは、やはり嬉しいことである。

わたしは自分に子供がいないせいか、出版した戯曲集は、この世に生を受けた我が子のように思うところがある。産んだのはまぎれもなくわたしだが、種を授けてくれたのはわたしのまわりにいた役者さんたちである。すんなり産まれた子供もいれば、難産だった子供もいる。それぞれの子供にそれぞれの出産時の思い出がある。出来、不出来はあるが、この世に生を受けた以上、どの子も可愛いと思う。

わたしはすでに子供を産むには高齢者ではあるけれど、まだまだたくさんの子供を産みたいという欲求がある。あと何人、新しい子供を作れるかは神のみぞ知る領域の話だが、幸いわたしはまだ体力はある。わたしが死んでも、我が子たちは書籍として半ば永遠に生きる。もしも今から百年後、わたしの書いた戯曲が、わたしの知らぬ未来の誰かによって上演されることがあるとしたら、それはそれで嬉しいことである。

２０１５・１・23

「行ってきます」と「ただいま」

地方で公演があったので、わたしは久し振りに使った言葉がある。「行ってきます」と「ただいま」である。普通の人は日常的に使う言葉だろうが、わたしは普段これらの言葉をほとんど使わない。いや、使わないのではなく、こういうちょっとだけ非日常的な場面でないと、うまくこの言葉を使いこなせない。しかし、旅行カバンを持ち、普段とは違う時間帯に家を出たり、帰ったりする場面では、スンナリとこれらの言葉が口から出る。

数少ない機会とは言え、「行ってきます」と「ただいま」が使えることは幸せなことであるにちがいない。なぜなら、これらの言葉はこの言葉をかける相手がいないと言えないものだし、また、帰るべき家がないと成立しないものだから。家族のいない人はこの言葉を使えないし、家を持たない人もこの言葉は使えない。そういう意味では、人間は「行ってきます」と「ただいま」を繰り返しながら生きているとも言える。人間は、常にどこかへ行き、何かをして元の場所に帰るわけだ。

そして、ふと『レオン』（一九九四年）という映画のラスト・シーンを思い出した。本作は殺し屋と幼い少女の奇妙な関係を軸にしたアクション映画だが、殺し屋の死後、少女が殺し屋が大切に育てていた観葉植物を大地に埋めてやる場面である。少女は根無し草のように生きた殺し屋に定住の場所を——つまり、「行ってきます」と「ただいま」を使える場所を作ってあげたのだ。

2015・4・22

事実は小説より奇なり

「事実は小説より奇なり」——この言葉は、わたしが創作をする上でのキーワードの一つである。実際に起こる事件や出来事は、小説のような作り物などに比べて意外性に満ちているという意味だ。確かにフィクションで描かれる物語より、実際に起こる物語は、時にわたしたちを物凄く驚かせることは多い。最近では、東京都中央区のマンションで起こった美人の元ホステスによる年上の恋人の金属バット殺人事件（元ホステスは実は性転換した男だった！）の真相がわたしをびっくりさせた。このように現実では、えてしてフィクション・ライターの想像力を軽く上回る事件が起こる。

『狼たちの午後』（一九七五年）という映画がある。アル・パチーノがドジな銀行強盗に扮する実話を元にして作られた犯罪映画である。名作の誉れ高い映画だが、パチーノ扮する強盗の犯行の動機は実話ならではと言える。彼は「恋人である男の性転換手術の費用を手に入れよう」と（！）強盗を企てたのだ。わたしが初めてこの映画を見た時は、まだ高校生だったから、その不可解な動機に「？？？」となったが、今でも「？」くらいには思う凄い動機だ。

もちろん、実際に起こる事件にもわたしの想像力を下回るような凡庸な動機とありきたりな犯行の手口とつまらぬ結末を持つ事件もあり、いや、むしろそういう事件の方が圧倒的に多いのだろうが、現実に起こる事件のなかには、時にわたしの意表を突いた驚くべき真相を持っているものがある。「事実は小説より奇なり」——現実に拮抗し、いや、できればそれを上回るフィクションを作り出したいものだ。

２０１５・５・20

演劇は必要か？

『父との夏』という芝居をこの夏に公演する。父親の語る戦争時代の思い出を通して家族の再生を描く家族劇である（七月十五日～二十日／サンモールスタジオ）。この芝居は、「クラウドファンディング方式」で公演支援を求めている。これは、広く一般の人たちに公演への投資を呼び掛け、公演資金を作り、興行的な支援をしてもらうシステムのことである。公演の主催者側の人間であるわたしが言うのもおこがましいが、出資の見返りが「出演者からの心からのお礼の手紙」や「作者のサイン入りの戯曲本」や「打ち上げの酒席に参加」というのが泣かせる。

ところで、先日、わたしが書いているブログに「演劇が一〇〇〇円で見られたら」と題して、演劇のチケット料金が高いことを嘆く文章を書いたら、読者からいつもより大きなリアクションがあった。つまり、多くの人が演劇のチケット料金が高いと感じているということだと思う。勝手な解釈をすれば、「クラウドファンディング方式」は、「国にはもう頼れない」と絶望した芝居の作り手たちが、必死ですがりついた資金調達の一つの方法であるのかもしれない。こういうシステムが広がりを持てば、少しは演劇のチケット料金は安くなるのだろうか。

どちらにせよ、これは「わたしたちは演劇という文化を必要とするか?」という根本的な問題に関わることであるように思う。「必要としない!」という人がいて当然だと思うが、わたしは断然「必要だ!」と考える人間である。

2015・5・29

表現の自由と経済効率

演劇を見る楽しみの一つに「テレビでは絶対に見ることができない内容」というのがあると思う。自作を例に言えば、『わたしとアイツの奇妙な旅』(『モナリザの左目』所収/論創社)などは、そういう内容を持っているかもしれない。この芝居は、自分の男性器との会話を通して一人の男の性の遍歴を描くもので、登場人物の一人は男性器である。こういう趣向の芝居は「公序良俗に反する」と見なされて、なかなかテレビで放送しにくいものかもしれない。しかし、舞台の大きな魅力の一つに制約にとらわれない内容の自由奔放さというのがあると思う。放送禁止用語は存在するが、演劇禁止用語というものは存在しない。

舞台でしか成り立たない内容を舞台でしか成り立たない形式によって描くこと——わたしが常日頃考えることはそういうことだが、よくよく考えると、こういう作業は実に割に合わない仕事であるとは言える。舞台でしかできないということは、イコール拡大再生産に不向きであるということを意味しており、一回性を特徴とする舞台はコスト・パーフォーマンスとしても非常に割が悪い表現だからである。労多くして実入りは少ない。

悲しいことだが、舞台人が昔から貧困とワンセットで語られることが多いのは、そのような事情によると思われる。つまり、自由ではあるが、金銭に結びつきにくい。逆にテレビの世界は、不自由ではあるが大きな金銭が動く。そのように考えると、表現の自由さと経済効率のバランスはよくできていると言える。

2015・6・26

知らないあなた

○槇文彦（まきふみひこ）一九二八年生まれ。日本の建築家。モダニズム建築の作品や幕張メッセなどのメタリックな作品で知られる。
○高田茜（たかだあかね）一九九〇年生まれ。女性バレエダンサー。二〇〇八年九月より英国ロイヤル・バレエ団に所属する。
○青木良太（あおきりょうた）一九七八年生まれ。日本の陶芸家。漫画『へうげもの』から生まれた若手陶芸家ユニット『へうげ十作』のリーダーとして活動。
わたしの知らない分野で活躍する有名な人たちをアトランダムにネットで調べた結果、こんな人たちの名前が出てきた。まったく知らない人たちだが、建築、バレエ、陶芸とそれぞれ違う分野で活躍する人々。

しかし、わたしは彼らの業績をまったく知らないし、その道の人間ではないのでこの人たちの仕事を評価のしようがない。

わたしたちは町へ出て特定の人間に会い、何かしらの仕事をする。その合間にはわたしの知らない未知の人々が町を行き交い、隣の部屋ではわたしの知らない人が別の仕事をしている。町はわたしにとって未知の人々で溢れている。しかし、わたしがいるそのビルは槇さんが設計したものかもしれないし、わたしが見ている舞台の同じ客席に高田さんがいるかもしれないし、わたしが使う陶器は青木さんがデザインしたものかもしれない。そのように考えると、無知は罪だなと思う。

もっとも、一人の人間が町行くすべての人が何者かを知ることは不可能であり、それを可能にする存在として、人間は全知全能の「神」というフィクションを想像力によって創造したのだろう。

２０１５・７・23

命をかける

実に久し振りに稽古場で怒鳴り散らした。怒髪天をつく勢いの怒声である。自分で言うのもナンだが、わたしは極めて温厚な男である。他人に対して怒りの感情をほとんど持たない。にもかかわらずわたしは怒った。そこで、言った本人自身もびっくりするような言葉をわたしは吐いた。「命かけてやれっ！」

いやはや、何とも前時代的なアジテーションである。わたしは必ずしも『七人の侍』撮影時に、「そんなことをしたら役者が死んでしまいます！」と食い下がる助監督に「死んでも構わない」と言い放った黒澤明を全面的に支持しない立場で演出している人間だが、言うにことかいて「命かけてやれっ！」とは……。冷静に考えれば、芝居は命をかけてまでやらなくていい。しかし、わたしの内部にそういう思いはあることは事実で、それが怒りに任せてそんな言葉になって噴出してしまったにちがいない。そして、ふと「命をかけて」までして取り組むものは、この世に存在するかどうかを考えた。
思うに戦後のわたしたちは、「何かを命をかけてやる必要はない」という価値観で国を再構築したと言えまいか。それは戦争を「命をかけて」やり、多くの犠牲者を出した反省からである。それはそれで理解できる心の変化ではあるが、その価値観が圧倒的に支持された結果、わたしたちの精神は何かを失った。それが何なのかを言葉にするのは難しいが、例えば、それは「誇り」である。誇りのために死ぬということをわたしたちは「馬鹿げたこと」と斥けたのだ。若い役者たちを怒鳴り散らして、ちょっとした自己嫌悪に陥りながら、稽古帰りの電車のなかでそんなことを考えた。

2015・8・25

最後の一言

舞台演出家は、劇場入りしてゲネプロ（最終リハーサル）を終えると、本番を迎える役者たちを舞台上に集め、彼らに一言かけることが多い。言うなれば「最後の一言」である。一ヶ月余りの稽古を経て、最後に役者たちへかける言葉。これから戦場へ向かう兵士たちへ贈る最後の言葉。

○「モア・パッション、モア・エモーション」
若い頃のわたしは念仏のようにこの言葉を使っていたように思う。「もっと情熱を、もっと感情を」という意味である。

○「心は熱く、頭はクールに」
これも一時、よく使っていたように思う。「熱演はいいが、熱演の余りに怪我をするな」というような意味である。

○「ワン・フォア・オール、オール・フォア・ワン」
ラグビー用語の転用である。「一人はすべてのために、すべては一人のために」という意味である。
○「真剣に遊べ」
舞台演技の本質をズバリと言い表す言葉である。

もっとも、こんな言葉を使うのは、若い未熟な役者たちによる舞台に限られる。熟練のプロたちによる舞台は、淡々としたもので、「頑張りましょう」とか「よろしくお願いします」くらいで終わる。しかし、穿ったことを言えば、すべての言葉が、これから舞台に取り組む役者への激励の意味を超えて、彼らの人生そのものへの訓示やエールのようにも聞こえる。「この世は舞台、人は役者」と言ったシェイクスピアはやはり偉大である。

2015・9・23

双子の兄弟

わたしが推理劇と呼ばれる芝居に興味を持ったのは、『探偵／スルース』（一九七二年）という映画を見たことがきっかけである。登場人物がただ二人というのも映画としては異色だったし、二人がそれぞれの相手を巧妙な演技で騙そうとするという内容もとても面白かった。調べてみると、この映画の原作は舞台劇で、作者はアンソニー・シェーファーという人だった。『エクウス』『アマデウス』で知られるピーター・シェーファーのお兄さん。二人は双子だという。双子の兄弟！　そして、二人とも劇作家という例は世界的に見ても非常に珍しいケースではないか。

ミステリのトリックの代表的な一つに「一人二役」というものがある。一人の人物が別の人間に変装してまわりの目を欺き、事を遂行する種類のものである。その代表作がアガサ・クリスティの推理劇『検察側の証人』だと思うけれど、アンソニーとピーター兄弟は、幼少期からこういうトリックを身をもって体験していたのではないか。例えば、弟のピーターが学校に遅刻した時、兄のアンソニーが弟になりすまして代返をしたというような。そういう「双子ならではの体験」が、二人をしてミステリという文学形式をより身近なものにさせ、その形式に対する興味を深める結果を招いたのではないか。

ミステリの語源はミスト＝霧だという。イギリスにミステリという文学形式が発達したのは、ロンドンという場所が文字通り霧深い場所だったからという説があるが、こういう地理的・物理的な環境が、その人間に与える影響は大きなものだと考えると、ピーターとアンソニー兄弟が、ミステリ的な手法で舞台劇を書く劇作家になったのも道理にかなっていることなのかもしれない。

２０１５・10・23

ナイフ少年の未来

若手の俳優が振り込め詐欺の容疑で次々と逮捕されたというニュースをネットの記事を通して知った。それぞれの事件の事情はケースバイケースのようだが、俳優業と詐欺の二足のわらじで活動していた容疑者もいるらしい。なかなか食えないのが俳優の世界であるとは言え、自らの能力を映画や舞台ではなく、詐欺の世界で発揮せざるをえなかった彼らを想像すると悲しいことである。

しかし、映画や舞台同様、その人間の演技力が問われるという意味では、詐欺師の世界と俳優の世界は、根本のところでとても似ているものである。両者を隔てるのは、俳優が観客に喜びをもたらす仕事であるのに対して、詐欺師は観客（被害者）を悲しませる仕事である点であろうか。

「ここにナイフで他人を傷つけることを快楽と思う少年がいた。彼は大人になった時に人々から称賛される人間になった。彼は外科医になったのである」

心理学者のフロイトはこのような喩えを用いて「昇華」という概念を説明した。わたしがこの説明に得心するのは、わたしもたぶんそのようにして自分の変態的な欲望を「昇華」して劇作家になったからである。自分のなかにある危険な衝動や反社会的な欲望を現実の場で表現すると犯罪になるが、それを演劇という場で表現すると、人々から喜んでもらえたりするのだ。演劇が時に人間の病を治癒する力を発揮するのも、そのような特性ゆえだと思う。広い意味において、芸術家とは、件のナイフ少年のようなものであるべきだとわたしは思っている。詐欺に手を染めた若手俳優たちは、道を間違えたと言わざるをえない。

２０１５・11・22

幕切れのト書き

わたしが書いたいくつかの戯曲から幕切れのト書きだけを書き出してみる。

○ドアの外からまばゆいばかりの光。

にわかに歓声が高まり、試合開始のゴングが高らかに鳴り渡る。（『ボクサァ』）

○と、春の光が舞台いっぱいに差し込んで来る。（『新版・極楽トンボの終わらない明日』）

○天から下りてくる梯子を見上げる三人。

地平線から上りつつある太陽の光が舞台いっぱいに溢れて――。（『八月のシャハラザード』）

○何も言わずに正面を向いている佐野孝一郎。

その表情はどこか晴れ晴れとしているようにも見える。(『モナリザの左目』)
○美しく踊る貞奴。
貞奴、踊り終えて、舞台正面の海を見つめる。
海の地平線に朝日が輝いている。(『海を渡って〜女優・貞奴』)

このように書き出してみると、わたしの書いた戯曲の幕切れは「光」が「いっぱいに溢れ」ることが多いことに気づく。光――すなわち希望である。もちろん、舞台というメディアの性質上、光が溢れた後は、必ず深い闇が舞台を覆い尽くすのが必定なのだが、光が輝いてこそ闇は深いという意味では、幕切れは光に溢れていた方が視覚的には効果的である。

しかし、演劇活動そのものが、わたしにとっての「幸福の探求」だとするなら、わたしの生き方や願望がこれらの幕切れに集約され、象徴されているとは言えるのではないか。そう、わたしも不可避的に迎えざるをえない肉体の死という闇を前に演劇活動を通して己の生を輝かせようと努力しているにちがいないから。

2015・12・20

名前のタイトル

シェイクスピアの戯曲には案外に名前のタイトルが多い。『ハムレット』しかり、『マクベス』しかり、『オセロ』しかり、『ロミオとジュリエット』しかり、『リア王』しかり。つまり、シェイクスピアは物語よりも人物を出発点にしていくつもの戯曲を書いた作家であると言えるか。他ならぬその人物固有のキャラクターを持つ主人公がいて、その人物が行動することによってドラマを生み出すという方法。

また、名前がタイトルになっている映画にも印象的なものが多い。『レオン』しかり、『椿三十郎』しかり、『アニー・ホール』しかり、『ロッキー』しかり、『セルピコ』しかり、『キャリー』しかり、『マレーナ』しかり。どれもこれもその映画の主人公をパッと思い出すことができる面白い映画ばかり。長所も欠点も併せて持った主人公らしい主人公が物語の真ん中にドーンといる作品群。やはり、名前タイトルには傑作が多いということだと思う。これらの作品は、「群像劇」と呼ばれる作品とは対照的な視点で描かれる物語であり、作者はあくまで主人公に寄り添って物語を語る。わたしの書く芝居は群像劇が多いので、今までそういう個人を真ん中に据えた芝居はほとんど書いていない。

しかし、あたかも実在するように錯覚してしまうこれらの人物たちは、作者が生んだ架空の人物であることは言うまでもない。にもかかわらずこれらの人物の実在感はどうだ。自分の作り出した人物が、世の人々からあたかも実在している人物のように扱ってもらえることほど作者冥利に尽きることはないのではないか。わたしもいつかそんな人物を主人公にした名前をタイトルにした芝居を作ってみたいと夢見る。

2016・1・26

小学校の夢工場

三田村組公演『父との夏』(三月十六日〜二十七日。SPACE 梟門)の稽古は池袋にある小学校で行った。名前は「みらい館大明《たいめい》」という。この稽古場は、閉校した小学校を区と地元の人たちが管理して、芝居やダンスなど、さまざまなイベントの練習用に使用できるように貸し出して運営している場所である。稽古場は、数多くある教室の一室である。

わたしがこの稽古場を使わせてもらったのは同作の初演時である二〇一〇年だが、最初に訪れた時はちょっと奇妙な感じだった。入り口を入ると昇降口があり、靴を脱ぎスリッパに履き替える。階上に上がり、左右にいくつもの教室を眺めながら廊下を進み、所定の教室へ。木張りの床、正面に黒板。教室の後方には児童が使う簡単な物入れがある。遠い昔に戻ったようなちょっとしたタイムスリップ感覚。隣の教室では別のグループが別の演目の稽古をしている。

芝居の稽古場探しにはいつも苦労させられるのが演劇関係者たちの常だが、閉校した小学校を稽古場として使うことを思いついた人はすばらしい発想の持ち主だった。大袈裟に言えば、ここは芝居の作り手たちにとってのユートピアであり、夢工場である。しかも、それが稽古場のために新築されたものではなく、かつて子供たちが学び遊んだ小学校であるという点が何とも微笑ましく、ロマンチックではないか。

こういう発想で演劇を振興する人が世の中にもっといてくれたらいいのになあと虫のいいことを考えるが、わたしが政治家に一票を投じるかどうかの大きな基準は、その人が演劇を含めた文化活動に理解があるかどうかである。

２０１６・２・28

反芻する芝居

抜ける芝居といつまでも抜けない芝居がある。「抜ける」とは性的な意味合いではなく、「すぐに忘れる」というような意味である。公演が終わったらすぐに忘れてしまう芝居となかなか忘れられない芝居。近年、わたしが作った芝居で、なかなか「抜けな」かったのは、とある専門学校の卒業公演として行った『プール・サイド・ストーリー』という芝居である。公演が終わって日常生活に戻っても、折に触れその芝居のいくつかの場面を繰り返し反芻してしまう。そして、その芝居で使った音楽をＣＤでかけて、その記憶を甦らせて涙ぐんだりする。あの時、感じた至福の瞬間を再び甦らせ取り戻そうとする。

演劇とは一回性の芸術であり、二度と再現できないという特徴を持つ。その日、その瞬間に生まれて消えていくもの。だからこそ演劇は最高に贅沢な表現であり、わたしはその儚《はかな》さに大きな魅力を感じるのだが、その意味で言えば、このような反芻は未練がましい行為かもしれない。しかし、いつまでも反芻をやめないわけではなく、一ヶ月も経てば、記憶は薄れ関心は別の芝居へ移っていく。

そう書いて、思い当たる。冒頭に「抜ける」という言葉に性的な意味合いはないと書いたが、これは「最高のセックス」のアナロジーで語れる事柄であるのかもしれない、と。「最高のセックス」がどういうものなのか、わたしにはよくわからないところがあるが、すばらしい芸術体験は、すばらしいセックス体験と同じようなものだとするなら、事の本質は同様なものなのかもしれない。だから、その体験が忘れられず、その時の感動を何度も繰り返しなぞってしまうのだ。

2016・3・31

宝の山

わたしの家から駅に向かう途中に小さな古本屋がある。本が好きなので、しばしばその古本屋に立ち寄る。店の出入口付近に雑本のコーナーがあり、そこに単行本と文庫本がアトランダムに陳列されている。ほとんどが著者の名前さえ知らないような本ばかり。しかし、こういう本の中にあっと驚く面白本があったりするように思う。彼らはまったく自己主張しない。ただわたしが関心を持ち、自分のことを手に取ってもらうことを静かに待っている。わたしが関心さえ持てば、それらの本はわたしにとって「宝の山」である。

「取り調べは一冊の本だ。被疑者はその本の主人公なのだ。彼らは実にさまざまなストーリーを持っている。しかし、本の主人公は本の中から出ることはできない。こちらが本を開くことによって、初めて何かを語れるのだ」

横山秀夫さんの小説『半落ち』（講談社）の中の一節である。嘱託殺人の罪に問われた容疑者を取り調べる警察官の言葉。しかり。いい読み手さえいれば、容疑者の内面にある物語を外部へ正確に取り出すことができる。それは地中に深く埋まった遺跡を丁寧に掘り起こす考古学者の発掘作業に似ている。

街行くわたしの見知らぬ人々にもそれぞれに物語があり、ドラマがある。わたしが関心さえ持てば、彼らの物語を丁寧に聞き出し、それを作品化することができるはずである。それは、この世に二つとない唯一無二のオリジナルな物語である。そのように考えれば、わたしの知らぬ他人が足早に行き交うこの世の中も、古本屋の雑本コーナー同様に「宝の山」である。わたしが彼らに関心を持つことさえできれば。

２０１６・４・23

「面白いもの」とは

思えば、わたしの二十代は「面白いもの」を熱心に探して毎日を過ごしていたように思う。あの芝居が面白いと聞けばすぐに馳せ参じ、あの映画が面白いと聞けば一食抜いてでも劇場へ見に行き、あの本が面白いと聞けばすぐにその本を手に入れて読みふける。それは音楽や絵画に関しても同様だったと思う。格好よく言えば、「面白いもの」に関して物凄く貪欲だった頃。それ以降も基本的には同じようにやってきたつもりだが、さすがに今は二十代の頃のフットワークの軽さは失った。また、吸収率という意味でも、やはり二十代の頃には勝てないように思う。

それはそれとして、わたしにとって「面白いもの」とは何だったかを考えると、なかなか言葉にするのが難しいのだが、たぶんそれは「想像力を刺激される」ということの別名であったのだと思う。例えば、わたしにとってつかこうへいの舞台や推理劇が面白かったのも、『バック・トゥ・ザ・フューチャー』や『エイリアン』が面白かったのも、アガサ・クリスティやウィリアム・アイリッシュのミステリ小説が面白かったのも、すべて一言で言うと、それらによってわたしの「想像力が刺激された」からに他ならない。そして、わたしの想像力が刺激されるもの＝面白いものに豪華な食事や絶世の美女を上回る最大級の価値を持っていたのだ。

その価値観は今でもたいして変わりなく、わたしが最も尊敬するのはわたしの想像力を強く刺激するものを生み出した人である。そのせいか、わたしは今も昔もお金をたくさん稼いだ人よりも、そのような人たちを敬愛してやまない。つまり、わたし自身がなりたいのはお金持ちよりも観客の想像力を刺激する人であるにちがいない。

２０１６・５・20

爪痕を残す

「爪痕《つめあと》を残す」という言い方がある。この言葉がジャーナリズムに登場する時は、だいたい台風とセットになっているように思う。アナウンサーが「今回の台風は○○地方に大きな爪痕を残しました」というような言い方で、台風の被害の大きさを語るのである。いつ頃からこういう言い回しが使われるようになったかはわからないが、比喩表現としてはわかりやすい言い方だと思う。

台風とセットではなく、わたしがこの言葉を別の局面で使っているのを知ったのは、とある演劇関係の人が書いていたブログの文章においてだった。正確ではないが、そこには次のように書かれていた。

「しっかりと爪痕を残してきたね」

これは、ブログを書いた人の劇団の女優さんが客演として出演した舞台について、「頑張って舞台成果に貢献したね」という意味で使われていた。わたしはそういう言い方で役者を誉めたことがなかったので、なるほどと思った使い方である。

思えば、何かしらの表現活動をする者は、みな「爪痕を残す」ために表現活動に取り組んでいるのではないか。何に対して？　その分野の歴史に対してである。美術なら美術史に、音楽なら音楽史に、映画なら映画史に、文学なら文学史に、演劇なら演劇史に「爪痕を残す」ために。

台風の爪痕は余りいい意味で使われないが、芸術の歴史における爪痕は、人々の記憶に残るすばらしいものである。それはある種の「あがき」である芸術の特性をよく語っていると思う。

2016・6・23

動物の視点

改めて言うのもナンだが、世の中はわたしたち人間を中心に回っている。わたしたちはこの世界を支配する霊長類のボスである。もちろん、我々の世界には人間以外の動物も数多く存在するが、彼らより人間が上位にいることは誰の目にも明らかであろう。我々は動物を「飼う」ことはあっても「飼われる」ことは決してない。人間たちは常に動物園の檻の中へ入る側ではなく、檻の外から中を眺める側にいるわけである。

『チキンラン』（二〇〇〇年）というアニメーション映画がある。イギリスのとある養鶏場を舞台に、強欲な養鶏場の女主人の支配下でこき使われるニワトリたちが、養鶏場からの集団的な脱走を試みる様を描いた寓意あるアクション映画である。本作で描かれるように、確かにニワトリの視点で世界を眺めれば、この世界は強欲な人間たちによって支配された監獄のようなものかもしれない。また、『猿の惑星』（一九六八年）は、「この世界の支配者は人間である」という自明の理を逆手に取り、「人間が猿に支配される」という逆転世界を創造した傑出したSF映画であると思う。わたしたちはこれらの映画を見ることを通して、我々人間が動物たちをどのように扱っているかを新しい視点で知らされることになる。

世にある動物たちにとって、わたしたち人間はどのように見えているのだろう？　ある時は自分たちを優しく撫で庇護してくれる頼もしい保護者であり、ある時は自分たちを食肉用として虐殺する冷酷な野蛮人であろうか。かつて一匹の猫を主人公にしてそんな我々の姿を皮肉たっぷりに描いた夏目漱石は、やはり物凄いユーモアの持ち主だったのだなあと思わずにはいられない。

２０１６・７・24

六十代になると

「芸術家は六十代になると再び親交を結ぶようになる」

これはわたしの友人の作家（女性）のお父さんの言葉である。友人のお父さんは絵画家である。そういう年齢にならないとなかなかリアリティが持てない深い言葉だと思う。確かに芸術家の三十代、四十代、五十代は（いや、芸術家に限定することもないのかもしれないが）ライバル意識が強く働くせいか、同業者との親交を拒む傾向があるように思う。少なくもわたしにはその傾向が顕著にある。

しかし、芸術家も六十代になると、そういうライバル意識を越えて、お互いの仕事を素直に認めることができるようになるのかもしれない。それは、自分の死というものをリアリティをもって実感するからだと思う。自分の肉体の衰えを通して「命の限り」というものをいやが上にも思い知るのだと思う。そんな自分の肉体的な条件が、芸術家をしてライバルとの再びの交遊へと誘うのだ。

死を前提に世の中を眺めれば、この世は何と儚く美しいものか。普段は当たり前と思っていた普通のことが、奇跡のように輝いて見えるにちがいない。だから、ライバル関係だろうが、敵対関係にあろうが、憎しみ合う関係だろうが、この世に生きとし生けるものすべてに対して親愛の情を抱くに至るのだ。「あなたと出会うことができてよかった。本当にありがとう！」と。

わたしはあと五年ばかりで六十代になるが、わたしも友人の作家のお父さんのような達観した境地に達することができるのだろうか？　正直に言うと、自信は全然ない。

２０１６・８・24

人力の世界

わたしの住む町の商店街の祭りがあり、その日、道を歩いていると、商店街の歩道に設置されたスピーカーから軽やかな笛や太鼓の音が鳴り響いていた。行き違う人々のなかに鉢巻・法被姿の人もチラホラといる。そんな道を歩きながら、「スピーカーから聞こえる笛や太鼓の音は味気ないなあ」と思った。録音された笛や太鼓の音はいつもと違う浮き浮きした祭りのムードを醸成はするが、どこかよそよそしく、わたしの身体の底に響かない。笛や太鼓の音は録音されたものではなく、生身の人間が奏でないと祝祭的な感興に欠けるのだ。わたしが映画より演劇に大きな魅力を感じるのは、こういう文脈の上で語れることかもしれない。

思えば、歯を磨くことさえ電力に頼る科学技術万能の現代において、演劇は最も科学技術から遠い原始的な表現方法である。生身の肉体が生身の観客の前で何かを演じる――映画と演劇を分け隔てる一番の違いはその点にある。演劇はとことん「人間技」の世界なのだ。そこにはコンピューター・グラフィックスのあっと驚くスペクタクルはないが、直接的な人肌の温もりがある。

わたしが生まれ育った東京都下の田舎町には毎年祭りがあった。わたしの演劇好きの原点はたぶんその祭りにあると思うが、狂乱の祭り太鼓に舞い踊る異形の踊り手を乗せた山車をたくさんの人々が引っ張って（！）町中を練り歩くというあの表現形式は、人間技の極致ではないだろうか。そこは、表現のすべてが人力の世界であり、だからこそわたしの身体の底に眠る熱狂や狂気を駆り立てるのだ。祝祭のムードは人力が原動力となって初めて醸成されるのだ。すなわち、祭りも演劇もライブでなければならない。

２０１６・９・21

三股をかける

俳優と呼ばれる人たちが、その演技力を駆使して仕事をする場所は、主に「テレビ・ドラマ」「映画」「演劇」の三つの分野であると思う。もちろん、俳優の仕事はこれら以外の分野にもあると思うが、主舞台はこの三つの分野であろう。だから、現代日本において活躍する俳優は、この三つの分野を行ったり来たりしながら俳優としての実績を積んでいく。連続ドラマで知名度を高め、映画に出演し、たまに舞台に出るというように。つまり、彼らは「三股《みつまた》をかけて」仕事をするのだ。

それに対して、韓国などでは、それぞれの分野にスターがいて、彼らは決して垣根を乗り越えて他の分野に進出しない傾向があるらしい。テレビ・ドラマにはテレビ・ドラマのスターがいて、映画には映画のスターがいて、演劇には演劇のスターがいるというように。

では、韓国ではなぜそのような仕事のやり方が可能なのかと考えると、経済的な理由に起因していると思う。想像に過ぎないが、韓国では、それぞれの分野で、俳優が経済的に自立できる基盤がキチンとあるのではないか。そうでなければ、彼らが一つの分野だけで「食っていける」理由がわからない。日本の俳優はそれぞれ三人の違う女と同時に付き合い、何とか生計を立てている男のようであるのに対して、韓国の俳優たちは、本命の彼女一本槍というわけである。どちらがいいのかは議論の余地があると思うが、前記のように事を男女の付き合いに喩えるなら、韓国の俳優のあり方の方が潔いように思う。なぜなら、韓国の俳優は日本の俳優と違って、あっちこっちに色目を使わなくてすむからである。

2016・10・24

動物の安全性

「撮影には専門家が立ち会い動物の安全を確保しました」――最近よく見ている韓国映画にこういうテロップが出ることが何回かあった。具体的には『ほえる犬は噛まない』『ブラインド』『受取人不明』『凍える牙』である。どの映画にも犬が登場し、すべての作品で犬は人間の手によって殺害される。どの作品においても犬たちの死に際はリアルで、どのように撮影するのか不思議だが、このようなテロップを出して「わたしたちは決して動物を虐待して撮影していません!」ということを断っているのだろう。確かに動物愛護団体などは、こういう場面に厳しいと思う。それはそれで理解できるものの、韓国人には食肉として犬の肉を食べる習慣があると聞く。食肉として犬を殺しながら反対側で「安全を確保しました」とはちょっとした矛盾ではないか?

偏愛する日本映画『太陽を盗んだ男』(一九七八年)の中にも動物愛護団体が金切り声を上げそうな場面がある。主人公の木戸誠(沢田研二)が、催涙スプレーを猫に噴射して、その効き目を試す場面である。しかし、当時は今のように映画内における動物の扱いが厳しく批判にさらされることもなかったから、わざわざ「安全確保」を謳わなくてもよかったのだろう。時代の流れ。

現在はいろいろな表現が自主規制の対象になり、下手なことをするとトラブルに発展しかねない時代なのだろう。宮崎駿監督の『風立ちぬ』（二〇一三年）の喫煙場面が問題視されたことも記憶に新しい。もしかしたら、そのうち喫煙場面がある映画には以下のようなテロップが出る日が来るかもしれない。――「撮影には専門家が立ち会い、非喫煙者の健康を確保しました」

２０１６・11・24

クロマキー撮影

昨今の劇映画におけるＣＧ技術の発達はめざましい。そんなＣＧ技術の一つに「クロマキー」と呼ばれる手法がある。「クロマキー」とは、映画やテレビなどで人物とＣＧなどを合成する際に利用されている。映画ではブルー・バック（あるいはグリーン・バック）を背景に人物だけを撮影し、この映像のブルーの色情報をキー信号としてＣＧなどの他の背景と置き換える。わかりやすい「クロマキー」の撮影の例は「巨大な怪獣が登場する」ような映画か。巨大な怪獣が前方に現れ、それに仰天した人々が後退るというような場面。撮影の際に俳優はブルーやグリーンの背景を前に「存在しない巨大な怪獣」を想定して驚くわけである。

先日、酒席で年配の俳優さんが「スタニスラフスキー・システムにおける〈五感の記憶〉はこういうクロマキーによる撮影の場面で大いに力を発揮するはずだ」と言っていた。なるほどと思う。「存在しない巨大な怪獣」に驚く演技は演劇の専売特許である。舞台の演技は常にこういう無対象演技を余儀なくされる構造を持っているからだ。実際にそこが海辺ではなくても、風を感じ、潮の匂いを感じる演技。実際にそこが灼熱の砂漠でなくても喉の渇きを感じ、太陽光を感じる演技。つまり、舞台の演技はロケ地で撮影することが常だった映像の演技に比べて、かねてより大きな想像力を要求されてきたのだ。

撮影技術の科学的な発達が、より想像力を必要とする演技を俳優に求めることになるのは何とも皮肉であるとも言えるが、これからの映画の俳優は、舞台の演技の経験が今まで以上に強く求められる時代が来るのかもしれない。

２０１６・12・23

監督の力量

映画の評価は人によってさまざまだなあと思う。と言うのも、たまたま『ジャガーノート』（一九七四年）という映画に関する記事をネットを通して読んだからだ。本作は大西洋を渡航する客船に爆弾が仕掛けられ、その爆弾をめぐる当局と犯人の攻防を描くサスペンス映画である。わたしは大好きな映画だが、その記事を要約して書くと、評者は本作を面白くないと言っている。その理由の一つは、物語半ばで爆死する船員に関するエピソードに由来する。この船員が死ぬのは、船内を勝手に動き回る小学生くらいの子供のせいである。評者は船員の死が一切悼まれることなく、この子供の罪を誰も叱責するわけでもなく物語が進むのがおかしいと言う。指摘されれば「なるほど、そうか」と思う。

すぐれた映画は、こういう観客の「突っ込み」を入れさせないものである。名作が名作と呼ばれるのは、作品を形作るそれぞれの場面のディテールが観客を納得させるようにできているからである。それらは決して「そりゃないだろう！」と観客に思わせない。つまり、その点にその映画を司る神である監督の力量が出る。まあ、『ジャガーノート』を心から楽しんだわたしとしては、この評者の感想をちょっと偏屈であるようにも感じないでもないが。

どんな映画にも「突っ込み」どころはある。それは人間の人生の数だけその人にとっての「おかしなところ」は存在するにちがいないからである。なぜなら、世の中には納豆に砂糖をかけて食べる人間も、下着は一週間取り替えない人間も、電気を点けたままでないと眠れない人間もいるのだから。

朝から演劇

わたしが演出した舞台に出演していたとある若い役者さんは、稽古中から本番中にかけて早朝のカフェで上演される芝居にも出演していて、その話をちょっとだけ聞いた。そういう芝居を「オハゲキ」と呼ぶらしい。そんな形態の芝居がこの世にあることをわたしは初めて知った。

わたしが関わるような芝居の興行は昔からだいたい夜に行われる。時間は公演団体によってまちまちだがだいたい七時くらい。そして、土曜・日曜だけ昼公演がある。なぜそういう時間帯に公演が行われるかと言うと、主催者側が芝居を見に来る観客たちの生活のサイクルを考慮しているからである。平日の昼間に公演しても「仕事だから行けない」と言われることは目に見えているからである。つまり、芝居の興行は「観客の仕事が終わってから」行われるのが常である。その常識を覆し、「仕事へ行く前に演劇を見せる！」とは革命的な発想である。しかし、いったい朝から何を見せるのか？

朝から「児童虐待が原因で起こった連続殺人事件」の話は見たくない。朝から「不倫関係にある男女のドロドロの愛憎劇」は見たくない。食べ物と一緒で朝から焼肉やステーキは食べたくない。ご飯に味噌汁、トーストに珈琲のようなもの。自然と内容は軽いものになるように思う。「同僚男性に告白するかどうか迷っている女子社員が愛の告白を決断する」というような。

2017・1・25

どちらにせよ、「朝から演劇」という発想をしたプロデューサーの頭の柔軟性には恐れ入る。実験演劇の旗手・寺山修司すら「朝から演劇」という発想はしなかったのだから。そもそも寺山修司は朝に物凄く弱そうな人に見える。

2017・2・28

理想的な学校演劇

先日、わたしが講師を務める専門学校の卒業公演を終えた。演目は拙作『淑女のお作法』である。バーナード・ショーの戯曲『ピグマリオン』（『マイ・フェア・レディ』の原作と言った方が通りはいい）を翻案した芝居である。原作のヒロインである下町の花売り娘を現代の不良の女子高生に置き換えて作品化したものである。マナーを教えることを生業とする母親を持つ大学生の男の子が、雨の日に偶然出会った不良の女子高生を「素敵なレディ」に変身させようと奮闘する様を描くロマンチック・コメディ。

公演を終えて思うのは、この作品は若い俳優志望者が両親に見てもらうのには最適な演目であるという感想だった。手前味噌ではあるが、ここにはマナーを学ぶことを通して他人への思いやりを持つことの大切さがキチンと描かれているからである。大学生の男の子が、この物語を通して母親とのちょっとした確執を解消するという結末もほどがいい。決して人間のダーク・サイドに踏み込まず、あくまで愛と希望を描くその内容に我ながら感心した。

わたしが考える理想的な学校演劇は次のようなものである。

①若者が主人公である点。
②若者の両親が登場する点。
③若者の生の声が描かれている点。
④それらの要素を踏まえて面白い点。

『淑女のお作法』はそのすべての要素を踏まえている。この舞台には、初めて舞台で演技をする若者もたくさんいたが、こういう舞台で初舞台を踏める彼らは何と幸運なのだろうと思わざるをえない。こういう舞台が初舞台なら彼らは決して演劇を辞めない。今回は自画自賛が過ぎた内容だったかもしれないが、偽らざる素直な感想である。

2017・3・29（『Vivace』未掲載）

最初の動機

人はどのようにして自分の職業を選択するのだろう？

例えば、ここに化粧品会社の美容部員になった女がいたとする。彼女はなぜ美容部員になったのか？　さまざまな理由は考えられるが、「誰かを美しくしてあげたい！」という動機よりは、彼女自身がまず「美しくなりたい！」と思ったのが一番、最初の動機ではないか。彼女自身が自分の美貌にコンプレックスを持っていたから彼女はそれを補うべく美容の道へ進んだのだ。

例えば、ここに医者になった男がいるとする。彼はなぜ医者になったのか？　さまざまな理由は考えられるが、「誰かを治したい！」という動機よりは、彼自身が何かの病に侵されて、それを「治したい！」と思ったのが一番、最初の動機ではないか。彼自身が自分の健康にコンプレックスを持っていたから彼はそれを補うべく医療の道へ進んだのだ。

例えば、ここに役者になった男がいるとする。彼はなぜ役者になったのか？　さまざまな理由は考えられるが、「誰かを楽しませたい！」という動機よりは、彼自身が非社交的で友達が少なく寂しい毎日を送っていて、「友達がほしい！」と思ったのが一番、最初の動機ではないか。彼自身が自分の非社交性にコンプレックスを持っていて、彼はそれを補うために演劇の道へ進んだのだ。

もちろん、例外はたくさんあると思うが、人間が職業を選択する時の最初の動機は、他人のためと言うよりは、その人間のコンプレックスに根差している場合が多いように思う。そういう意味では、コンプレックス（ここでは「劣等感」という意味で使っている）こそ、人間とその文明を進歩に導く最大の原動力である。かく言うわたしも例外ではない。

２０１７・４・25

最前列の女子学生

わたしは大学や専門学校で劇作や演技の講師をするようになってずいぶん経つ。授業を行う際に、わたしは学生たちと教卓を挟んで向かい合うが、わたしは長いこと、教室において以下のようなことがあったらさぞ楽しいだろうなあと夢想しながら授業をしているが、そういう機会はまだ一度も訪れないままである。

最前列、わたしが講義をしている教卓の真ん前に一人の美しい女子学生が座っている。彼女は講義をするわたしにさりげなく何度もウィンクを送ってくる。よく見ると、ウィンクするその女子学生の瞼には「♡」マークと「スキ！」という文字があるのが見える。わたしは、それに気付き、ちょっと戸惑いながらも講義を続ける……。

そんな夢想（妄想か）をしているわたしをアナタは「アホか！」と思うだろうか。しかし、世にある教鞭を執る男性教員の小さな夢がここにはある。そんなことがあったらどんなにか授業が楽しいことか！もっとも、この夢想には元がある。『アイガー・サンクション』（一九七五年）と『レイダース／失われたアーク《聖櫃》』（一九八一年）の二本の映画である。

わたしの記憶違いでなければ、この二本のアメリカ映画には、前記のような場面がある。それぞれの映画において、美術の大学教授役のクリント・イーストウッドと、考古学の大学教授役のハリソン・フォードは、大学の教室での授業中に最前列の女子学生にウィンクを送られ、その瞼に「I love you」と書いてあることを発見するのだ。教卓を挟んで学生と向かい合うわたしの脳裡に、これらの映画のその場面が時々フラッシュ・バックする。

２０１７・５・26

他人の人生

人間にとっての未知の領域と既知の領域の分量を比べれば、未知の領域の方が圧倒的に多いと思う。例えば、どんなに旅行が好きでさまざまな国を訪れた経験がある人でも、未だに訪れたことがない場所があるにちがいないからである。地球上にあるすべての土地を踏破するのは、ほぼ不可能に近い。だから、わたしたちは地球上の九九パーセント以上の場所を知らぬままに一生を終える。

「しかし、未知なる世界は何も見知らぬ場所や外国にだけあるわけではありません。人間は、みな自分一人の人生しか生きません。しかし、〈他人の人生〉というのも実に不思議な未知なる世界です」

これは拙作『交換王子』（論創社）の中の一節だが、本作に登場する二人の若者は、姿形がそっくりだったがゆえに互いの人生を入れ換えることになる。自分とは違う「他人の人生」を生きることになるのである。そこは見知らぬ場所や遠い外国に匹敵するくらいの未知なる世界であると思う。

思うに、一人の人間が九九パーセントの土地を踏破できないように、「他人の人生」も決して踏破できないものであろう。そもそも、よほど特殊な理由がなければ、ある人に「他人の人生」を生きる機会は訪れない。わたしたちが映画を見たり小説を読んだりするのは、決して踏破できない「他人の人生」を擬似的に生きるための一つの方策ではないだろうか。それもそれで一つの小旅行である。わたしは、旅行はほとんどしない人間だが、わたしの未知なるものに出会いたいという欲求は、そちらの方法でもっぱら満たしている。

２０１７・７・25

歴史を繙く

わたしは歴史に疎い。高校時代に世界史と日本史を熱心に勉強しなかったせいであるが、世界がどういう歴史を辿り現在に至るのか、日本がどういう歴史を辿り現在に至るのか――そういう歴史的な視点をなかなか持てない。もっとも、世界史や日本史を熱心に勉強しなかったわたしにも言い分はあった。それは「歴史なんか知らなくても人間は生きていけるんだ！」というものだった。我ながら物凄い開き直りだが、確かに歴史など知らなくても人間は生きていけると思う。しかし、歴史を知ることは人生を豊かにすると思う。

例えば、一九四一年十二月八日、なぜ日本は対米戦争に踏み切ったか？　そんなことを知らなくても生きていくことはできる。しかし、それは日本人として知らなければならないことのはずだ。なぜなら、わたしは日本人で、そういう歴史の上に現在のわたしと日本はあるからである。

そんなことを考えたのは、この間、実家に帰った時に父からわたしの先祖に関しての情報を得たからである。わたしの曾祖父（祖父の父親）は「彰義隊」に属した武士で、二十七歳の若さで上野戦争において亡くなったらしい。「彰義隊」が今で言う「ＳＰ」みたいなものだとするなら、なかなか格好いい仕事をしていたのだなと思う。しかも、二十七歳とはずいぶん早死にである。そんなことも知らずにわたしは今日まで生きてきたのだ。少なくとも、父からその話を聞かなければ、わたしは一生、「彰義隊」に興味を持たなかっただろう。ただ現在を生きるより、過去を知って生きる現在の方が味わい深いように思う。そして、歴史は繙《ひもと》かれて初めて歴史になるのだなあと再認識する。

2017・8・25

コンプライアンス

最近、よく耳にする「コンプライアンス」という言葉は、広い意味で「法令遵守」と訳される。わたしがこの言葉を初めて耳にしたのは、『コンプライアンス〜服従の心理』（二〇一二年）という映画のタイトルを通してだが、この映画は、アメリカのマクドナルドの女性店員が、悪質ないたずら電話によってストリップさせられる事態を招いた実話を描いた映画である。この言葉は、まだ「セクハラ」や「パワハラ」のような一般性を持つに至っていない言葉だと思うが、今後、そのような言葉同様の力を持つ言葉になるように思う。

わたしの身近な学校を例にして「コンプライアンス」を語るなら、学生と酒を飲む（成人であっても）ことはもちろん、学生に連絡先を教えることすら禁じられている場合がある。当初は「そんな馬鹿な！」と思ったが、今はそれが普通であるように思うようになった。法令遵守だけを追求すれば、別に酒など飲まなくていいし、連絡を取り合う必要もないからである。

しかし、教室という「公の場面」では決して言えない言葉が、酒場という「私の場面」にはあるのは確かで、その公と私の両方をともに知ることができない学生は不幸であるとも思う。また、「公の場面」だけで成り立つ人間関係は、どこかよそよそしく、互いの人間の核心に触れることができないように思う。「だから酒を飲めばいいんだ！」というような短絡的なことを言うつもりはないが、人間は公と私の両面を持つ存在であることは事実なのだから、その両面を知らずに大人になる学生たちは、下手をすると他人の公を見て私を想像できぬいびつな人間になってしまうのではないかと心配する。

リアリズムの迷宮

日本軍の真珠湾攻撃を描く戦争映画『トラ・トラ・トラ！』（一九七〇年）は、当初、黒澤明監督が日本側のシークエンスを監督するはずだったが、結局、降板を余儀なくされることになる。そのような結果を招いた要因の一つに、黒澤が配役の際に職業俳優を嫌い、素人俳優をたくさん起用し、撮影が停滞したことにあるという。主人公である山本五十六海軍大将はとある会社社長が配役され、演じるはずだったのだ。しかし、やはりこれは無謀と言える配役ではないかとわたしは思う。その人がいくら会社人として有能な人材であったとしても、俳優として有能だとは限らないからである。

晩年、俳優の勝新太郎は、自らが俳優として演じる時も、監督として撮影に臨む時も、台本を嫌い、即興演技に強くこだわったという。「即興演技でしか予定調和でない迫力のある演技はできない」というのが勝の考え方だったと思われる。それはそれで一理ある考え方だと思うが、これも黒澤明監督のエピソード同様、相当に無理があるやり方ではないかと思う。台本がないということは、その場ですべてを決めなければならないわけで、撮影に臨む俳優もスタッフも、何の準備もしようがないからである。

二人の天才的な映画監督と俳優が、ともに傍目には無謀と思われる形で撮影に臨んだエピソードを持っていることは興味深いことである。勝手な憶測をすれば、それらはともに「リアリズムの追求」の結果の行為であると思う。これらのエピソードは、「リアルな演技」というものを突き詰めていくと、このような迷宮に入り込む可能性を持っているということを教えてくれる。

2017・10・2

2017・10・24

新作と母親

「新作」という言葉を見たり聞いたりすると、ちょっと複雑な気持ちになる。それは、わたしが演劇という表現分野において、戯曲という形で新しい作品を作り続けてきた人間だからだと思う。字面《じづら》の清々しさとは裏腹に、それを作り出す苦労を身をもって知っているからである。スラスラと夢のように完成した作品もあるが、だいたいはウンウン頭を捻りながら作ったものばかり。だから、「新作」という言葉を聞くと、その時の苦労が頭の中を駆け巡り、ちょっと苦々しい気分になるのだ。

しかし、「新作」を作り出しているのは、何も才能の乏しい劇作家だけでなく、世の中のありとあらゆる職業の分野の人々も同じようにそれを作り出している。映画、テレビ・ドラマ、小説、絵画、音楽などの創作物は言うまでもなく、新作の化粧品、新作の嗜好品、新作の電化製品、新作の料理、新作の飲料、新作の服飾、新作の乗り物など、その数は枚挙に暇がない。であるなら、「新作」という言葉を聞いた時、苦々しい気持ちになるのは、必ずしも戯曲を書く劇作家だけではなく、世の中のありとあらゆる分野の作り手たちにも当てはまる気持ちなのかもしれない。

そして、わたしが「新作」という言葉を見たり聞いたりする時に感じるあの何とも言えない複雑な気持ちに最も近い気持ちを持つのは、母親ではないかと思い至る。何人も子供を出産し、子供たちを育て上げた母親が、「新生児」という言葉を見たり聞いたりした時の気持ちは、わたしのそれに限りなく近いものではないか。そこには、子供を産み出すまでの苦労とそれを上回る喜びの記憶が、いくつも重なり合っているにちがいないからである。

２０１７・11・26

警官好き

エド・マクベインの小説に『警官嫌い』というタイトルのミステリがあるが、わたしはそのタイトルとは逆に「警官好き」である。もちろん、実生活で警察官の世話になるのは御免だし、被疑者として警察官と付き合いたくはないが、見たり聞いたりするぶんにはわたしは警察官に大いに関心がある。なぜわたしが警察官に興味があるのかは不思議と言えば不思議なのだが、少年の頃、警察官は「正義の体現者」という風に映るからだと思う。少年の前に「仮面ライダー」や「ウルトラマン」の次に現れる正義の使者としての警察官。悪を懲らしめ善を実現する正義のヒーロー。パトカーの赤いパトライトが明滅する犯罪現場。「KEEP OUT」と書かれた黄色いテープを無造作にかいくぐり登場するコート姿の捜査官。男子なら一生に一度は体験したい場面ではないか！　世に数々の職業はあれど、これほど格好いい登場を用意できる職業はざらにない。

もちろん、現実の刑事は格好いいだけの仕事ではなく、悲惨な現実を目の当たりにする厳しい仕事であろうことは十分に想像できるが、やはり死ぬか生きるかの人間の究極の姿を描くには警察官はもってこいの職業なのだと思う。戦争をしていない世界において、最も死の近くにいる職業が警察官の世界であると思う。（わたしの処女作『ある日、ぼくらは夢の中で出会う』は、刑事が主人公の芝居だった）そんな「警官好き」のわたしが、今年の三月に上演する『私に会いに来て』は、韓国映画『殺人の追憶』の原作になった韓国の現代劇で、主人公は一人の殺人犯に翻弄される四人の刑事たちである

２０１７・12・26

心のキャンバス

世界観とは、心のキャンバスのことだと思う。人間はそれぞれ心にキャンバスを持っていて、そこに描かれた絵がその人の世界観であると考えると、この難しい言葉がちょっとだけわかりやすくなるように思う。ある人のそれには極彩色の油絵が描かれているし、ある人のそれには淡い水彩画が描かれているし、ある人のそれには墨痕鮮やかな水墨画が描かれているかもしれない。

描かれている対象も、ある人のそれには人間が描かれているし、ある人のそれには動物が描かれているし、ある人のそれには静物が描かれているかもしれない。また、キャンバス自体も身長を超える巨大なキャンバスを使って絵を描く人もいるし、普通のサイズを好む人もいるだろうし、小さなそれでないと絵を描けない人もいるかもしれない。

映画というメディアは、絵画というメディアの発展形だと考えると、こういう世界観がより如実に画面に表れるメディアだと思う。それを作った映画監督の世界観＝心のキャンバスに描かれた絵が画面からにじみ出るのである。例えば、『エイリアン』や『ブレードランナー』や『ブラック・レイン』を作ったリドリー・スコット監督は、独特な世界観を持った映画監督であると思う。リドリー・スコットの心のキャンバスはいつも光が明滅していて、雨が降っている。つまり、リドリー・スコットはそういう絵が好きなのである。

わたしは映画監督でもないし、絵描きでもないが、舞台の演出という仕事をしているから、わたしの心のキャンバスに描かれた絵は、ハッキリとわたしが作る舞台空間に反映しているはずだ。わたしの心のキャンバスに描かれた絵は……。

2018・2・3

名監督の演出術

芝居の稽古場で、演出をしながら『影武者』(一九八〇年)の撮影時の黒澤明監督のエピソードを思い出すことがある。そのエピソードとは、戦国時代劇『影武者』で武将・諏訪勝頼を演じる萩原健一さんの演技から苛立ちや焦燥感を引き出すために、実際に監督が萩原さんに辛く当たり、日常から役作りを行ったというものである。黒澤監督が萩原さんにどういう仕打ちをしたのかは詳しくは知らないが、いくら役作りのためとは言え、そんな仕打ちをされる俳優側の立場になって考えると、ずいぶんじゃないかと思う。

これと似たようなエピソードをわたしはもう一つ知っている。『フレンチ・コネクション』(一九七一年)におけるウィリアム・フリードキン監督のエピソードである。本作はニューヨークを舞台に麻薬組織のボスを追う刑事たちの活躍が描かれる刑事アクション映画である。主演はジーン・ハックマン。フリードキン監督は、ハックマン扮するドイル刑事から犯人を捕らえることができない苛立ちや焦燥感、ギラギラした怒りを引き出すためにハックマンを現場で徹底的に罵倒し続けたという。ハックマンは結果として本作でアカデミー賞主演男優賞を取ったのだから、万々歳ということかもしれないが、現場ではさぞかし不愉快な思いをしたことだろう。

問題は結果であるとは思うものの、苛立ちや焦燥感を演じるのが俳優の仕事なのであって、実際に苛立ちや焦燥感を強いられるのは筋違いであるとも思う。いや、こんなことを言うのは、わたしが芸術至上主義に徹することができない小心な演出家だからか。

2018・3・2

謎の観客

わたしが演出する舞台の劇場ロビーや客席でいつも必ず見かける男性がいる。先日もサンモールスタジオで上演した『私に会いに来て』でも、その男性を見かけた。年齢は四十代から五十代。身長は一七〇センチくらい。小太りで、眼鏡をかけていて、頭髪は薄い。高校の先生風の風体である。何度も見かけるから、その人を見かける度に「あ、また来ている!」と思う。しかし、いつもわたしが見かけるだけで、先方は決してわたしを見ない。知り合いなら、挨拶くらいしそうなものだが、そうでもなさそうである。つまり、その人はわたしが作る舞台の純粋なファンなのだと思う。わたしもわたしで、「いつもご来場ありがとうございます」と声をかければいいものを、なぜかそんな機会もないままにここまで来てしまった。

わたしが劇団で活動をしていたなら、その謎の観客のことを共有できる人もいるように思う。案外、「小太り先生」などと渾名をつけられて劇団の中では有名な人になったりするかもしれない。しかし、プロデュース公演ではロビーで来場者の受付をする人間が毎回違うから、その人に関する噂も聞かないし、情報もまったくわたしには伝わらないのだ。

毎回、劇場へ足を運んでくれるのだから、まったくありがたいとしか言い様がないが、演劇公演にはこういう未知の観客との奇妙な出会いがある。「小太り先生」は、いったいどんな仕事をしている人なのだろう? 奥さんはいるのだろうか? どこに住んでいるのだろう? なぜ足繁くわたしの作る舞台に通ってくれるのだろう? いつか、わたしとその人が面と向かって挨拶をする時は来るのだろうか。

2018・3・29

演出家の居場所

演劇の公演が行われる劇場という場所は、大まかに分けて舞台と客席、楽屋とロビーという場所で成り立っている。舞台と楽屋は俳優が使う場所、客席とロビーは観客が使う場所と言っていいだろう。古来、演劇公演を行ってきた人々が必然的に作り出した劇場の構造。そんな構造が示しているように劇場とは、まず何より俳優と観客が出会う場所であると言える。

それはそれで文句はないのだが、俳優には楽屋があり、観客にはロビーがあるような意味において、演出家が待機する場所というものは劇場にない場合が多い。つまり、劇場にいる演出家は行き場を失うことが多いのである。なぜこういうことになっているかと言うと、演出家という存在がクローズアップされたのが近代以降だったからではないか。それまで日本の演劇（歌舞伎）には「演出家」なる職種は存在しなかったからである。だから、劇場設計に携わる人たちは、伝統的に演出家を待機させる場所などまったく想定せずに劇場を設計し続けたにちがいない。

だからと言ってわたしは「是非とも劇場に演出家が待機できる場所を作ってほしい！」と強く望んでいるわけでもない。そもそも本番が始まってしまえば演出家の出番はほとんどない。だから、わざわざそんなものを作っても無用の長物になりかねない。しかし、劇場のどの場所も決して演出家の「定点」ではないというところが、演出家の心を宙ぶらりんにする。もっとも、演出という作業は舞台上に起こることにすべて消えていくものだと考えるなら、劇場に演出家の居場所がないのも当然と言えるが。

２０１８・４・25

演出とパワハラ

先日、とある役者さんからとある演出家について驚くべき話を聞いた。その演出家は、舞台の稽古の際に役者たちを激しく罵倒し、あまつさえ暴力を使って演技指導をするという。わたしも舞台に関わる人間だから、そういうことが避けられない局面を想像できなくはないが、この〝コンプライアンスの時代〟に、まだそんなことがまかり通っていることに驚いた。もちろん、その演出家がどのような形で稽古を行っているかを具体的に見たわけではないので迂闊なことは言えないが、もしも本当に暴力を使って役者たちを演出しているのだとしたら、これは下手をすれば暴行罪に問われ、裁判沙汰に発展しかねない事案である。

セクハラ、パワハラ問題がジャーナリズムを賑わす昨今だが、確かに演劇の世界はそれらのハラスメント行為が行われやすい環境である。セクハラはともかく、演出行為とは一種のパワハラ行為に他ならない。「やってみろ。できなきゃ下ろすぞ!」という世界だからである。それをパワハラと言われて「すいません」と謝る演出家はいないと思うが、どうか。それが「嫌がらせ」か「愛の鞭」か——その一線は微妙な領域である。

かく言うわたしは、かつて稽古場において、役者に暴力を振るったことは一度もない。暴言は吐いたことはあるように思うが、基本的に本人は「愛の鞭」であると認識していて、暴言の自覚に乏しい。軟弱と呼ばれるかもしれないが、わたしは基本的に「芝居の稽古は楽しくやるものである」と思っている演出家である。だってそうではないか。稽古場が楽しくなくて、どうやって観客を楽しませるすぐれた舞台を作れると言うのだ。

2018・5・28

図書館の本

電車のなかで読書している人を見かけると、わたしはその人が何を読んでいるか気になる方である。だから、その人が訝《いぶか》しく思わない程度に接近して、さりげなく本のタイトルを盗み見ることがある。そして、意外にも図書館で借りた本を読んでいる人が多いことに気づく。本の背表紙に登録ナンバーが張りつけてあるからである。

わたしは本好きのくせに、図書館で本を借りて読むということをほとんどしない。読む本はだいたい購入して読むからである。図書館で借りた本は、返却することを義務づけられている。読んだ後、それを返さなければならないのである。わたしはそれを嫌う傾向がある。下品な喩えで恐縮だが、読んだ本というのはわたしにとって一度寝た女のようなもので、事後に手放したくないのである。だから、二度と読み返さないかもしれないが、その本を手元に置いておきたくなる。そのように本と付き合ってきた結果、わたしの書斎は本で溢れかえることになる。図書館の本は親戚の子供みたいである。だからどこかよそよそしい。その本を真に我が子にするためには、その子を所有するしかないのである。

ある日、わたしが勤務する大学の図書館へ足を運んだ。戯曲コーナーにわたしの著作がズラリと並ぶ。わたしは新刊が出る度に大学へ自著を寄贈するからすべてサイン入りである。ここに並ぶ自著は、言ってみれば里子に出した我が子のようなもので、二度とわたしの家にやって来ることはない。親としては、里子は里子で元気に暮らしてほしいと思うが、里子たちは必ずしも里親に可愛がられていない（貸し出しされていない）様子で、ちょっと寂しく感じる。

2018・6・27

事実誤認

先日、亡くなった劇団四季の浅利慶太氏の訃報を伝えるネットの記事の中に、氏を「劇作家」と紹介しているものがあった。まずその分野の人間として訂正をしておくと、浅利氏は「劇作家」ではなく「演出家」である。もう少し丁寧に言えば「舞台演出家」である。こういう舞台関係の人間に関する記事がネットに出ると、時々、奇妙な事実誤認を見かける。前に見かけた記事の例を言うと、その記事は「演出家」と「舞台監督」を間違えて紹介していた。つまり、日本のジャーナリズムにおける舞台関係の役職名は、かなり理解度が低いということになる。

そうは言っても、わたしがそんなことを鬼の首を取ったように訂正できるのも、わたしがその分野の人間だからであって、普通の庶民感覚からすれば区別がつきにくいのもよくわかる。例えば、警察官の役職名と階級などもわたしたち素人からするとややこしいことこの上ない。私服の警察官をわたしたちは「刑事」と呼びながらも、警察官に「刑事」という役職はない。「刑事」とは「刑事課の警察官」の俗称であって、正しくはその人は階級的には「巡査部長」であったり「警部」であったり「警視」であったりする。それらを正確に区別できるのは、警察関係者だけなのではないか。

それはともかく浅利さんが日本を代表する舞台演出家であることは間違いないだろう。そんな人を「劇作家」と紹介してしまうのは、NHK紅白歌合戦で、司会者が紹介する歌手の名前を間違えるような失態ではないか。同じ分野の人間としてこういう事実誤認はちょっと腹立たしい。

2018・7・30

現場

　しばしばＳＮＳ上に投稿された文章で「現場」という言葉を使う人を見かける。「今日の現場は映画の撮影でした！」とか「今日の現場はイベントのＭＣでした！」というように。それはそれでいいのだが、「現場」とは「金銭が発生する場所」という意味合いを持つ場所のことだと思う。友達と海へ遊びに行っても「今日の現場は海でした！」とは言わないのだから。つまり、そこに関わることが経済活動である場合、人は「現場」という言葉を使う。

　警察官にとっての「現場」は、言うまでもなく犯罪現場であろう。犯罪と言ってもピンからキリまであるが、やはり、犯罪現場の王道は殺人現場であろう。引き止める制服警官に手帳を見せて、白手袋をはめながら張り巡らされた「KEEP OUT」のテープをかいくぐり、殺害された人間のいる場所へ踏み込む時の快感は、司法警察官に与えられた最大の特権である。そういう場所こそ、現代を生きる人間の愛と欲望が渦巻く最前線である。これも司法警察官にとっては経済活動であることに変わりはない。彼らは捜査を通して生計を立てるわけだから。それは決して趣味や道楽ではないのである。

　芝居の稽古場や劇場も演劇に携わる者にとっては「現場」であることは間違いない。そこには多かれ少なかれ金銭が流通しているからである。そういう意味では、金銭の流通のないところは、どこかのどかで、緊張感に欠ける。そこに集う人々の「これは趣味や道楽やないんやでっ！」という気概が、「現場」を緊張感が漂う「現場」たらしめる。それはちょっとバクチ打ちが金を賭ける賭場の雰囲気に似ている。「現場」ではみな〝本気〟なのだ。

２０１８・８・25

その人ぴったり!

わたしは、さまざまな場所で多くの役者や役者の卵たちに出会うが、役者と言っても十人十色、実にさまざまなタイプの人がいる。そして、折に触れて、その人に最も合った役はどんな役なのだろうと想像する。例えば、白衣を着せて恋愛などにまったく興味がない研究者をやらせたい女の人がいれば、計算高い悪魔的な女子学生がぴったりの女の子もいる。キビキビと動く純朴な自衛官を演じさせたい人もいれば、眼鏡をかけた冷徹な数学教師を演じさせたい人もいる。なかなかイメージが湧きにくい人もいるにはいるが、どんな人にも一つくらいは「その人ぴったり!」という役があると思う。

「その人ぴったり!」の役とは、限りなくその人本人に近い場合もあるが、必ずしも本人の容姿や性格とは関係ない場合もある。「この子みたいな妹がいたら最高だよな」とか「コイツみたいな父親がいたら絶対に嫌だよな」とか「この人には場末の映画館のモギリをやらせたいよな」とか、そのようにわたしに思わせるもの。要するに「その人ぴったり!」の役とは、その役者の身体がわたしの何らかの幻想を刺激する結果、生まれるもののように思う。

翻って、すぐれた役者とは、作家や演出家の想像力を刺激することができるヤツのことだと思う。「作家が書くのではない。いい役者が作家に書かせるのだ」とは、敬愛するつかこうへいさんの言葉だが、すぐれた役者は、「あれもやらせたい!」「これもやらせたい!」と製作サイドの人間に思わせることができる役者のことである。すなわち、名優とは、「その人ぴったり!」と観客が思える役をいくつも演じることができる人のことであると思う。

2018・9・25

犯罪ノンフィクションの醍醐味

重大な犯罪事件が報道される。その報道を通して犯罪を行った加害者と、犯罪の被害を受けた被害者の存在が我々に明かされる。いつ、どこで、誰が、どんな事件を起こしたか？　わたしたちのリアクションは、それが身近な人間によるものでない限り「ひどい事件を起こしたヤツがいるなあ。被害にあった人は可哀想だな」というようなものであると思う。報道を通して事件を知るわたしたちの視点は、罪を犯した容疑者とその被害を受けた被害者のみに集中する。

犯罪ノンフィクションを読む面白さは、その視点が拡大される点であると思う。登場人物が加害者と被害者を超えて、一気に増えるからである。加害者にも親兄弟がいるし、被害者も同様である。ドラマに喩えると、主役以外の脇役の人々がきちんと描かれるのだ。そんな脇役たちの心中に思いを馳せるということが、犯罪ノンフィクションを読む時の醍醐味であるように思う。それらは、そういうわたしたちに知らされない事実を教えてくれるのだ。

わたしが犯罪ノンフィクションに魅力を感じるのは、このように事件の周辺が「加害者と被害者」という個人同士の対立構造を超えて視野に入ってくるからに他ならない。そのような視野の広さは、新聞やネットの報道だけでは決して手に入れることはできない。他人の不幸を暴き、それによって生計を立てる側面がある「ノンフィクション・ライター」ではあるが、こういう人たちが真実に迫ろうとしてくれるおかげで、わたしのような一般人は視野を広げることができる。

２０１８・10・27

夢の稽古場

この文章が掲載される頃にはすでに公演は終わっているが、上演する『好男子の行方』の稽古は公演する劇場である〝オメガ東京〟でやっている。稽古場所として贅沢この上ないことだが、これはこれで制約があり、完全に自由に稽古場を使えるわけではない。だから、自前の稽古場を持っている劇団をつくづく羨ましいと思う。以下、勝手気ままにわたしの夢の稽古場の条件を挙げる。

①ゆったりとした広さがある。
②朝から晩までいつでも自由に使える。
③使用料金が低価格である。

夢のようなことを言っているが、こういう稽古場があったらどんなにいいだろうと思う。しかし、これを実現するには物凄い知恵と物凄い金が必要である。簡単には決してできないことなのである。そして、知恵も金もない無力なわたしは、最終的には地域や国が演劇は人間にとって必要なものであり、その文化を守るという姿勢を取らない限り、そんな稽古場はできないにちがいないとため息をつくことになる。いずれにせよ、よい稽古場があって、初めてよい作品が生まれるのは間違いないことのように思う。

時々、わたしはこんな夢想をする。横断歩道で大きな荷物を持って難儀しているお婆さんがいる。わたしはそのお婆さんが横断歩道を渡るのを手伝う。実はそのお婆さんは大金持ちで、そのお礼としてお婆さんはわたしが自由に使える稽古場を作ってくれる——。いや、そんな甘い夢想をしている場合ではない。わたしは〝ここ〟で戦うしかない。

2018・11・27

校正と校閲

昨年の年末にわたしの戯曲を継続的に出版してくれている論創社のM社長と編集部の人たちと『I-note②　舞台演出家の記録』の出版記念パーティーを兼ねた慰労会を神保町で行った。神保町へ足を運ぶのは久しぶりである。ＪＲ線のお茶の水駅から緩やかな坂を下り神保町へ。古本屋が軒を連ねる神保町の界隈は昔とさほど変わらないが、季節のせいか、電飾が輝き、ちょっと垢抜けた印象を持った。

Ｍ社長に「校正と校閲の違い」についての話を聞く。わたしはすでに論創社から二十二冊も本を出版しているので、「校正」がどういう作業なのかは理解している。「校正」とは、著者や編集者が〝ゲラ刷り〟と呼ばれる製本される前の原稿をチェックして、印刷の際の誤りを正すことである。この段階で〝赤入れ〟と呼ばれる赤いペンによる修正が行われる。しかし、「校閲」の方は余り聞き慣れない言葉である。「校閲」とは、「校正」と同じように誤り正す作業ではあるが、記述内容自体に誤りがないかどうかをチェックする作業である。つまり、「校正」は著者や編集者が行うが、「校閲」は、より専門的な校閲者が行う作業であるということである。

何年か前に『地味にスゴイ！　校閲ガール・河野悦子』というテレビ・ドラマ（原作は漫画）があったが、そのドラマの主人公は「校閲」を専門とする本の編集者である。言ってみれば、「校閲者」とは、飛行機の離陸における最後の整備士に当たるようなものか。その飛行機が絶対に安全に飛行することができるかどうかを判断し、万が一、不具合があった場合、それをすみやかに修理して、安全な飛行を確保する人。つまり、彼らは本の最終整備士なのだ、きっと。

２０１９・１・２

観光名所

最近、世を騒がせた犯罪現場に何度か足を運ぶ機会があった。きっかけは、昨年、「三億円事件」を題材にした芝居を上演する際にかの地を訪ねたことである。足を運んだのは「帝銀事件」が起こった豊島区長崎にある銀行跡地、「東電ＯＬ殺人事件」が起こった渋谷区円山町のアパートである。そういう場所に足を運ぶ度に、事件現場は「特権的な場所」であると感じる。

これらの場所は、その事件さえ起こらなければとるに足らない平凡な場所に過ぎない。例えば、府中刑務所脇の学園通りも「三億円事件」がなければ人通りの少ないただの道路に過ぎないし、西武池袋線椎名町駅付近の元帝国銀行跡に建つマンションも「帝銀事件」がなければただのありふれたマンションに過ぎないし、渋谷区円山町にある古びたアパートも、「東電ＯＬ殺人事件」がなければただの古びたアパートに過ぎない。にもかかわらずそれらの場所がわたしの目に特権的に映るのは、その場所でそれらの事件が発生したスペシャルな場所であるからに他ならない。

本来、あってはならないことが起こった忌まわしい場所ではあるが、これらの場所は、わたしの想像力を強く刺激する。そこを訪れることによって、報道や書物を通して思い描いた事件を頭の中で再現することを半ば強いられるからである。また、かの地を訪れる行為は、一種のタイム・トラベルとも言える。かつて劇作家の別役実さんは「犯罪現場は訪れる者の〝歌ごころ〟を刺激する」と言ったが、けだしその通り。ガイドはいないものの、わたしにとってこういう犯罪現場は立派な観光名所である。

２０１９・２・２

身近な正義

例えば、街中で酔っ払い同士が喧嘩していたとする。腕っ節が強い人ならその喧嘩を制止することはできるだろうが、そうでない場合、我々は警官を呼んで仲裁に入ってもらうしかない。例えば、コンビニで何かを万引きした人間が、店員の制止を振り切って逃亡したとして、それを追いかけて捕まえようとする人は稀であると思う。近くに警官がいれば、警官を促して万引き犯人を逮捕してもらうにちがいない。警官は国家権力を背景に武力を保持しているから、そういう法を犯す人間を制圧できる力がある。何が言いたいかと言うと、我々一般庶民にとって、警官とは一番身近な社会的正義の体現者であるということである。彼らは背中に「正義」と書かれた看板を背負っている。

だからこそそんな正義の体現者である警官が罪を犯すと我々はとても驚く。「警官が罪を犯すとは世も末だ！」と。世にある職業の中で最も犯罪に手を染めてはならない職業が警官である。いわゆる有名人でないにもかかわらず、市井《しせい》の警官による犯罪が有名人の不祥事同様に物議を醸すのは、そういう構造ゆえである。警官の犯罪はスキャンダルになりうるのである。

ずいぶん前の映画だが、『ターミネーター2』（一九九一年）で悪役になるT－1000は警官の扮装をしている。正しくは警官を殺害したT－1000は、警官に化けるわけだが、多くの可能性を捨てて、作り手が化ける対象として「警官」という職業を選んだのは以上のような理由ではないか。警官の制服に身を包んだT－1000は、正義と真逆の殺人機械であるがゆえに痛烈な皮肉が利いているから。

2019・3・5

憧れの人

俳優の萩原健一さんが亡くなった。テレビ・ドラマ『傷だらけの天使』や『太陽にほえろ!』世代のわたしにとってはまぎれもないスーパースターで、その訃報は大きな衝撃を伴って伝わった。〝ショーケン〟はわたしにとって憧れの俳優の一人だった。数ある哀悼の記事の中に以下のような記事があり、印象に残った。萩原さんと同世代の女優さんのコメントである。

「好き勝手に生きたからいいんじゃないの。かなり皆に迷惑掛けましたけどね」

誤解しないでほしい。わたしは一ファンとして、この女優さんの発言に反発を覚えたというようなことを言いたいわけではない。この非常にクールな発言は、これはこれで真実だろうと思ったのである。端から見ているぶんにはすばらしく見えても、その当事者になるとまったくそんなことはないことは、世の中にざらにあるにちがいないから。

わたしが二十代の頃、憧れの映画監督から声がかかり、監督とマンツーマンで映画の脚本作りをしたことがある。残念ながらその企画は日の目を見ることはなかったが、その人はわたしにとっては神のような人だった。しかし、いざ面と向かって作業を始め、長い時間をともにすると、わたしの中で監督への幻想がガラガラと崩れ去る瞬間があった。遠くから見ているぶんにはよいが、近くに寄ると見たくないものもよく見えるのである。

憧れの人を憧れの人のままに完結させるには、その人と直に関わらない方がよいのは、初恋の人だけではないのかもしれない。

2019・3・30

窓がない部屋

わたしの裁判傍聴歴は長いが、何度も東京地方裁判所へ足を運び、いくつもの裁判を傍聴して、ふと疑問に思ったことがある。法廷にはなぜ窓がないのか？

法廷という場所は、四方が壁に囲まれた密室である。人々の出入りは、基本的に裁判官や裁判員が使う出入口、被告人らが使う出入口が二ヶ所、傍聴人が使う出入口の合計四ヶ所で行われる。しかし、法廷内に室内と外界をつなぐ窓に当たるものはない。法廷内に窓がないのは、審議の内容を外部に漏らさないための工夫かもしれない。審議の秘密を保持するゆえの構造なのである。そこで行われることは「外から見えない」ように配慮されているのである。これはこれで理にかなっているとも思うけれど、日光が降り注ぐ昼日中、光を遮断して行われる裁判は、どこか不健康な印象もないでもない。

そして、わたしの身近に窓がない建物がもう一つあることに気づく。劇場である。劇場に窓があると不都合なのは、昼間の公演の際に暗転（舞台を暗くすること）できないからである。また、観客を舞台に集中させるためには、外界からの音や光を遮断する必要があるからである。窓から八百屋や魚屋が見える場所で『ロミオとジュリエット』を上演すると、観客が頭に思い浮かべる美しい幻想に水を差すにちがいない。

法廷も劇場もまったく別の目的で作られた建物ではあるが、窓がない＝外界を遮断して作られているという点は共通している。法廷も劇場も、ともに「密室において人間の真実を追求する場所」であると考えるなら、これらの建物に窓がないのは必然的なことなのかもしれない。

2019・4・26

過去と未来

わたしは現在五十七歳だが、八十五歳まで生きるとすると、残りの寿命は二十八年である。つまり、わたしはすでに未来よりも過去の方が多い年齢ということになる。この予測に基づいて計算すると、わたしの人生の真ん中は、十五年前にあったということである。そんな事実を知ると、ちょっと呆然とするが、今日も時計の針はカチカチと未来へ向かって進む。

わたしが悲観論者であれば、あとは老いるだけの未来に絶望して、毎日を嘆き悲しんで過ごすのかもしれないが、幸いわたしはそういうタイプではない。過去が未来を上回っているということは、それだけいろんな体験をしているはずで、それはわたしの血となり肉となり、わたしの精神世界をより豊かにしてくれていると思うから。わたしの精神は十五年前よりも多彩になり、人や物への見方が、前よりも深くなっていると信じたい。わたしは成熟の過程の中にあり、わたしが死ぬ時は、わたしが最も豊かな精神＝心を手に入れた時であると思いたい。年齢を重ね老いることは悲観すべきことではなく、喜ばしいことだ、と。

今日に至るまでにたくさんの映画を見て、「よい映画のラスト・シーンはプラスとマイナスが0になっている」という法則をわたしは導き出したが、わたしの人生のラスト・シーンもそのようにありたいと思う。死ぬことはマイナスであるかもしれないが、そのマイナスとゆうに釣り合う豊かな精神世界（プラス）をわたしは獲得していたいのである。

わたしの予測が正しいなら、わたしの残り時間はあと二十八年間＝約一万日である。

２０１９・５・30

言葉の力

人間は、言葉があるからその現実をきちんと理解し、認識する。もちろん、人間は時に「ラララ、ララ〜　言葉にできない〜」（小田和正『言葉にできない』）というような精神状態になる場合もあるにはちがいないが、基本的には人間は言葉によって現実を理解し、認識していると思う。

例えば、「扶養」という言葉がある。扶養家族、扶養義務というような使い方をすることが多い。妻子あるわたしがいくらトボけてみても、「あなたには扶養義務があるのよ！」と言われたらごまかしようがない。例えば、「認知」という言葉がある。「人々に多く知られる」という意味だが、民事の世界で使われるそれは、「子供を自分の子供であると認めること」である。愛人を妊娠させたわたしがいくらトボけてみても、「認知して！」と愛人に言われたら逃げ場はない。よくも悪くも言葉があることによって、人間は現実をより正確に認識しているわけである。

法律用語の世界は、まさにそのオンパレードであると言える。人を殺すと「殺人罪」に問われることは知っていても、殺人と一言に言っても「傷害致死罪」という場合もあることをよく知らなかったりする。言うまでもなく「殺人罪」は殺意を持って相手を殺した場合、「傷害致死罪」は殺すつもりはなかったが結果として相手が死んでしまった場合である。また、「セクハラ」「パワハラ」「アカハラ」など新しめの言葉もこれらの言葉がなければ、人間は自分の行為の意味を認識できない。そして、当たり前の結論に達するのだが、人間が霊長類のトップにいるのは、言葉を発明したからであると思う。

２０１９・６・30

講師のバランス感覚

公演活動を主軸にしながら、わたしは普段は大学と専門学校で劇作と演技の講師をしている。講師の仕事をするようになってずいぶん時間が経つ。長いこと、講師の仕事をして、わたしが辿り着いた結論は、講師の仕事はサービス業であるということである。

大学にせよ、専門学校にせよ、わたしが何かを教える学生たちは、学費を払って学校に通っている人たちである。もちろん、学問的な分野には、例えば、料理とか車とか冷蔵庫のような目に見える形の商品は存在しないが、彼らは金を払っているのである。その学費に対して、講師はそれに釣り合うだけの満足感を与えなければならない。ただ高みから学生たちに「それじゃダメだ！」と叱責するだけでは学生は授業がつまらなくなるにちがいない。まずは学生にとってその授業が「楽しい！」と思わせるところから始めなければならない。そのためには学生にサービスをして、彼らをノセなければならない。

しかし、それだけを目的に授業を行うと、講師が学生に媚びへつらうだけの存在になりかねない。だから、「楽しい！」という感覚を学生に与えながら、同時に常に厳しく学生と接しなければならない。講師と学生という線引きをきちんとしていなければならない。このへんの楽しさと厳しさのさじ加減が難しいところで、そのバランスを体得するまでに十年くらいかかるのではないか。

翻って、わたしのような専門的な分野の講師のみならず、理想的な学校教育とは、そのような文脈の上にあると思う。すぐれた先生は、楽しさと厳しさのバランス感覚に秀でている人である。

２０１９・７・27

死なないでくれ

時々、無差別で誰かを殺傷するような事件が起こる。銃器が出回るアメリカ社会での銃乱射事件はその代表的な事例であると思うが、日本でもそのような事件が起こる。最近の例で言えば、川崎の児童殺傷事件がそうであるし、京都アニメーションの放火事件も広い意味ではそういう事例に当たると思う。そして、わたしたちはそういう悲惨な事件を知ると、大概が「死ぬなら一人で死んでくれ」と苦々しくつぶやくのではないか。

わたしもそのように思う一人で、それ以外の感想を持てなかったのだが、まったく未知のある人が、ご自身のブログ上で、本来は「一人で死んでくれ」ではなく、犯人を含めて誰も「死なないでくれ」と願うのが正しいのではないかと指摘されていた。他人の死を平然と願うのはおかしい、と。わたしはその意見を耳にして、自分の考えをちょっと省みることになった。

その通りである。他人を巻き添えにして犯行に至る犯人に対して「死ぬなら一人で死んでくれ」と思うのは一見、正当な意見のように思えるが、その実、そのように考える当人は犯人を冷たく突き放している。「お前の巻き添えで命を落とす側の気持ちにもなれ」と言っている。しかし、真に人間愛に溢れた人間なら、そこまで冷たく犯人を突き放して「一人で死んでくれ」とは言えないのではないか。どんな事情があったにせよ、犯人には犯人の正義があったのかもしれないのだから。「何を甘っちょろいことを」とアナタは言うだろうか。しかし、少なくとも、わたしはそのように考えた件のブログの筆者に啓発されたのは事実である。

2019・8・28

消費社会の胃袋

しばしば都内各所にあるブックオフへ行く。書籍を物色するのが目的だが、だいたいＤＶＤコーナーにも足を運ぶ。ブックオフには正規のコーナー以外に、廉価のＤＶＤコーナーがある。廉価コーナーでは、だいたい五百円以下の値段で旧作映画が販売されている。廉価で販売されるものとそうでない値段で販売されるものが、どのように選別されるのかは興味深いが、廉価コーナーにはちょっとした哀しさが漂っているように感じる。それはかつて栄光に包まれたスターが歳を経て凋落した様を彷彿とさせるからか。

ある日、そのコーナーで『タイタニック』（一九九七年）のＤＶＤが三枚並んでいるのを発見した。ジェームズ・キャメロン監督、レオナルド・ディカプリオ主演のこの映画は、当時としては破格のヒット作だった。総製作費二八六億円、映像の細部にこだわったキャメロン監督が、自らの監督料を返上し、自腹を切ってまでして作り上げた驚異の映像スペクタクル。これが五百円で手に入るという事実にちょっとした驚きを感じざるをえない。そして、すぐれた映画も、毎日の食事同様、現代社会では消費物なのだなあと実感する。そう、二八六億円かけて作られた豪華料理『タイタニック』はすでにわたしたちの胃袋の中で消化されてしまったのである。

廉価で面白い映画のＤＶＤが手に入るのは、映画好きのわたしには嬉しいことだが、見方を変えると、かつて栄光に包まれていたこれらの作品たちが、ブックオフの廉価コーナーにおいて二束三文で売られていることにちょっとした寂しさを感じる。それは映画と演劇という分野こそちがえ、わたしも作品を作りだす仕事をしているからか。嗚呼、逞しき消費社会の胃袋！

２０１９・９・25

稽古時間

あくまでもわたしの関わる芝居の現場の話だが、一つの作品を作り上げる芝居の稽古時間は減少傾向にある。かつての感覚だと、稽古時間はだいたい四十日くらいが目安だったように思うが、今は三十日である。芝居の稽古時間が減少傾向にあるのは、ひとえに経費削減の意図が制作サイドにあるからである。劇団公演と違い、プロデュース公演は出演者の拘束時間が限られる。

ところで、かつてロシアでは一つの芝居を作るのに一年以上かけていたと聞いたことがある。そんなことができたのは、国が演劇人を守り、演劇人たちが作品だけに打ち込める環境があったからであると思う。そんな贅沢な環境において、俳優であり演出家だったコンスタンチン・スタニスラフスキーは、演技のリアリティを獲得するための方法を模索し、それをシステムとして完成させていったわけである。逆に言えば、その時間の豊かさがなければ、システムは完成されなかったはずである。

正直に言うと、一つの芝居を作るのに一年もかけていたら物凄く飽きてしまうように思うのだが、時間が豊富だということは作品のクオリティに直結しているのは確かである。適切な稽古時間を使って丁寧に作られた製品が優秀であるのは、それが電化製品であろうと、製菓であろうと、建築物だろうと同じである。

映画『タワーリング・インフェルノ』（一九七四年）で描かれる火災は人災によるものである。会社が建築費用削減のために手抜き工事を行ったからである。演劇がそのようなことにならないよう頑張りたいが、火災が起こらないことを祈るばかりである。

2019・10・28

生まれて初めて

ある日、電車の車内において、若い母親に連れられた乳飲み子と乗り合わせた。そんな母親の腕に抱かれた赤ん坊にじっと見つめられ、困惑した経験は誰しもあるのではないか。子育てを終えた老齢の女性なら、赤ん坊に微笑みかけてあやす余裕もあるのだろうが、あいにくわたしは厳しい顔をした中年男である。さすがに赤ん坊相手に「ガンつけてるんじゃねえよ！」とキレるわけにもいかず、わたしの顔をじっと見つめる赤ん坊にチラチラと視線を送りながら、居心地の悪い時間を過ごすことになる。

ふと、赤ん坊の瞳は何を見ているのだろうと想像する。彼にとって、わたしは見慣れぬ珍獣のように見えているにちがいない。いや、わたしだけではなく、彼にとっては電車に乗ることも、窓外を流れる町の風景も、吊り広告も、すべてが未知のものであり、生まれて初めて体験するものなのかもしれない。彼にとっては日々の生活すべてがミステリーゾーンなのである。そういう意味では、赤ん坊には海外旅行も映画鑑賞もまったく必要ない。

大人になるとは、かつて未知だったものが既知になっていく過程であると言える。とすれば、赤ん坊にこそ世界は最も豊かに光輝いて見えるものなのかもしれない。わたしがまだ何者でもない赤ん坊に嫉妬することがあるとすれば、それは彼らが毎日「生まれて初めて」と言える経験をして生きている点である。それはたぶんどんな海外旅行より、どんな冒険映画より面白いものにちがいない。翻って、わたしが創作活動をするのも、創作を通して、すべてが新鮮だった遠いあの日に回帰しようとするあがきなのかもしれない。

2019・11・30

代表作

劇映画を宣伝する際、予告編やチラシに、その映画を作った監督の名前の脇に過去の作品名が脇に添えられている場合がある。例えば、公開中の『パラサイト 半地下の家族』のチラシには次のような表記がある。

監督ポン・ジュノ（『殺人の追憶』『グエムル 漢江の怪物』）

これは、その人が過去に作ったヒット作をさりげなく書き添えて、観客を引き込もうとする映画の宣伝マンの作戦なのだと思う。だから言外に「あれは面白かったでしょ？ だから今回も面白いんですよ、きっと」ということを言いたいにちがいない。では、なぜ次のように表記されないか？

監督ポン・ジュノ（『母なる証明』『スノーピアサー』）

このように書かれていても全然、違和感はないが、『パラサイト 半地下の家族』を宣伝する人のバランス感覚の中で前記の二作が選ばれたにちがいない。場合によっては、監督自身が選ぶ代表作と宣伝マンが選ぶ代表作は食い違うかもしれないが、宣伝マンは芸術性ではなく、その映画がどのくらいヒットしたかを基準に作品選びをしているはずだから、監督がガタガタ言ったとしても、「あなたの代表作はこれです！」と押し切るように思う。

翻って、演劇公開の宣伝の際に、チラシにその演出家や俳優の代表作を書き添えることはめったにない。これはなぜか？ 勝手な想像では、演劇は映画と違って再見できないものだから、過去にどんな作品を作っていようが関係ないということかもしれない。そういう点が演劇の潔い点である。演劇は常に「今、何を作っているか?」を問われる世界なのである。

２０１９・12・30

原動力

俳優にとって最も大切な力は想像力だと思う。想像力があるから俳優は実在しない人物をあたかも実在している人物であるかのように存在させることができる。車に喩えると、ガソリンに当たるのが想像力だと思う。ガソリンが入っていない車は発進できない。豊かな想像力こそが俳優がすぐれた演技をする上での最大の原動力である。

ところで、劇作家が何か戯曲を書こうとした時に、題材選びは言うまでもなく、その題材を作品にしようとする際に元になる感情というものは人それぞれだと思う。ある劇作家は何かに対する喜びを、ある劇作家は怒りを、ある劇作家は哀しみを、ある劇作家は楽しみを原動力に戯曲を書くように思う。わたしの知り合いに、世界に対する怒りを原動力に戯曲を書く人がいるが、そんな人を見るにつけ、彼我《ひが》の違いを強く感じる。なぜなら、わたしは世界に対する怒りの感情を原動力に作品を書くことはほとんどないからである。わたしが戯曲を書く際に原動力となるのは、たぶんもっとポジティブな感情である。

怒りの感情を原動力に作品を書いてはいけないなどと言うつもりはまったくない。それがどんな感情を元に書かれようが、作品自体がよいものなら何も問題はない。それは劇作家の世界観の問題だからである。しかし、強いて持論を述べれば、ネガティブな感情を元に作られたものとポジティブな感情を元に作られたものでは、作品のポピュラリティ（大衆性）が違うように思う。だってそうではないか。いつも怒っている人よりは、いつも笑っている人の方が親しみやすいのはものの道理である。

2020・1・26

経済界

電車の中で『経済界』という雑誌の吊り広告を目にした。「総力特集2020年注目企業38」と題されたその広告には、38社のリーダーたちが顔写真つきで紹介されている。その写真を眺めても、誰一人として見知った顔はいない。当たり前である。わたしは経済界とはまったく無縁に生きているからである。そして、世の中にはいくつくらいの「○○界」があるのかなあと思った。

わたしが思いつく範囲で考えられる「○○界」は、演劇界、映画界、音楽界、放送界、出版界、花柳界、法曹界、政界などであるが、他にもたくさんあるにちがいない。わたしたちは、自分が生存するこの世のことを総称して「世界」と呼んでいるわけだが、その「世界」はこのようなジャンル別の「○○界」によって構成されているわけである。

わたしが所属する演劇界における最大の栄誉はすばらしい舞台芸術を創造することだと思うが、わたしが所属しない経済界におけるそれは何なのだろう？　それはおそらく経済的に最も利益を上げることである。品のない言葉を使うなら金儲けである。つまり、前記の「注目企業38」のリーダーたちは、金儲けをする上で大きな期待が寄せられているということである。それはそれですばらしいことなのだろうが、わたしの関心はまったくそちらに向かわないのは、わたしと件のリーダーたちとの価値観がまったく違うからである。

わたしが電車の吊り広告で目にした『経済界』にちょっとした衝撃を受けたのは、そのような名称によって形作られる人間の集団があり、その世界のリーダーたちが注目されたりするということの世の多様性にである。

2020・2・27

同じもの二つ

同じものを二つ持っている場合がある。同じシャツを二枚持っているとか、同じ靴を二足持っているとか、同じネクタイを二つ持っているとか、場合によっては同じ車を二台持っているということもあるかもしれない。わたしもそういう例に漏れず、同じものを二つ持っている。同じ映画のＤＶＤである。なぜそうかと言うと、すでに所有していることをすっかり忘れて、新たに購入してしまった結果である。それは『素晴らしき哉、人生！』（フランク・キャプラ監督）と『見知らぬ乗客』（アルフレッド・ヒッチコック監督）と『その土曜日、7時58分』（シドニー・ルメット監督）である。

さすがに三枚というのはないが、同じＤＶＤを二枚持っていることは何となく気持ちが悪い。たぶんそれが唯一無二の感じがしないからである。だからと言って捨ててしまうのも気が引ける。チャンスがあれば誰かにプレゼントしたいが、なかなかそんな機会がない。だから、それらはわたしの本棚に双子の兄弟のように並んでいることになる。

翻って、同じ顔をした妻が二人いたら、さぞかし気持ち悪いのではないかと思う。それは同じ映画のＤＶＤを二枚持っている時に感じる時のそれに似ているように思う。いや、妻だけではない。両親も親友も兄弟姉妹も、時には厄介かもしれないが、みな一人だけだから唯一無二の尊さがあるのである。好きな映画のＤＶＤ同様に一人に一つずつだからよいのである。一人に二つだと捨ててもまだもう一つあるという安心感から対象への愛情が半分になるにちがいない。それがどんな種類のものであっても「世界に一つだけの花」は美しいのだ、きっと。

2020・3・30

3密大好き！

数ヶ月ぶりのコラムである。あれよあれよという間に世間は謎のウイルスに翻弄され、自粛を余儀なくされ、その後、事態は好転に向かうものの、未だに予断を許さない状況が続く。エンターテインメント業界もその影響をもろに受け、中止や延期になった公演、コンサート、ライブ、イベントは数知れない。わたしも八月に予定していた公演を延期することになった。

ウイルス蔓延による対策は「3密」と呼ばれ、「密閉」「密集」「密接」を避けようという基本方針が為政者から示された。これは、わたしが関わる小劇場演劇の特徴をそのまま表現したような言葉であり、それを「避けよ」と言うのだからほとんど喧嘩を売っているとしか思えない指針である。それでもぐっと我慢してその指針に従い、自粛をしていた矢先、今度は新宿の小劇場でクラスターが発生し、演劇活動再開の雲行きはさらに怪しくなった。

しかし、このような事態に直面して、改めて演劇の特徴を再認識する機会でもあった。わたしが演劇活動を熱心にするのも、つまるところ「密閉」「密集」「密接」が大好きだからであることに気づかされたのである。そして、それはわたしだけでなくすべての演劇ファンも同様であると思う。いや、演劇ファンだけではない。どんな分野であれ、人間にはそういう密なる場所が必要なのである。そういう意味では謎のウイルスはまさに我々にとっての悪魔のような敵であり、挑戦者であると言える。この強敵をわたしたちは打ち倒すことができるのか？　わたしは科学者ではないので偉そうなことは何も言えないが、大好きな3密の世界が再び戻ってくることを願わずにはいられない。

2020・7・29

あとがき

収録した二本の戯曲はISAWO BOOKSTOREの公演のために書かれたものである。ISAWO BOOKSTOREは、わたしが中心となり、毎回、違う俳優を集めて芝居を立ち上げる演劇ユニットである。両作品に共通するのは、実際に起こった事件を元にしている点である。参考文献は本文の最後に併記したが、基本的な事実は実際の事件を踏まえながらも、内容自体はフィクションであることをあらかじめお断りしておく。

『獄窓の雪―帝銀事件―』は、ISAWO BOOKSTOREの第五回公演のために書いたもの。〝昭和事件シリーズ〟と題してわたしは「三億円事件」を題材に『好男子の行方』、「吉展ちゃん誘拐事件」を題材に『夜明け前―吉展ちゃん誘拐事件―』を書いたが、本作はその第三弾である。世に名高い「帝銀事件」を題材に、事件の真相を描くと言うよりは、いやおうなしに事件に巻き込まれ、さまざまな苦難を強いられた周辺の人々を主人公にした。わたしが〝昭和事件シリーズ〟で心掛けているのは、すでに多くの人が知っている有名な犯罪事件を新しい視点で描いてみるということである。『好男子の行方』では犯人や警察ではなく金を奪われた銀行員たちを、『夜明け前』では犯人の兄弟姉妹に焦点を当てたように、本作では毒を盛られて多くの同僚が亡くなった中、かろうじて一命を取り留めた被害者の銀行員四人に焦点を当てた。とりわけ、容疑者として逮捕された平沢貞通を最後まで「あの人は犯人じゃない！」と否定し続けた年若い女子銀行員の存在がわたしには印象的で、本作のヒロインとして登場させた。

『壁の向こうの友人―名古屋保険金殺人事件―』は、サンモールスタジオのプロデュースによる

「Crime 2ed〜贖罪編〜」と題されたプロデュース公演のために書いたもの。この芝居は現実に起きた犯罪事件を題材にした三劇団によるオムニバス公演で、その一つが本作である。サブタイトルにあるように「贖罪」をテーマに「The Stone Age ブライアント」と「Singing dog」との共演だった。本作が題材にした「名古屋保険金殺人事件」の内容は劇中で説明されているので省くが、本作を書いてみようと思った直接のきっかけは、この事件の被害者の兄である原田正治さんが書いた『弟を殺した彼と、僕。』（ポプラ社）という本を読んだことだった。その本には、常識ではちょっと考えにくい被害者遺族と加害者の心の交流が描かれていたのである。その本に書かれた内容に即して拘置所の面会室を舞台に二人の男の会話を想像して本作は出来上がった。第一稿の台詞を名古屋出身の弁護士・平岩利文さんに方言に直してもらい、決定稿とした。

また、今回は「エッセイ編」と題してこの十年間に書いたエッセイを併録する。発表したのは月刊の情報誌『Vivace』（ヴィヴァーチェ広宣企画）に「高橋いさをのコラム」と題して月一で掲載したものである。本編と併せて楽しんでもらえると嬉しい。

＊

公演時期をご覧になればわかると思うが、これらの作品は新型コロナウイルスによる禍《わざわい》の最中に書かれ上演された。ゆえに公演は本来の形とは違い、感染対策のために大幅に縮小されて行われた。ソーシャル・ディスタンスを確保するために観客席は半分以下、舞台前面から一列目の客席までも二メートルの距離を取って舞台を設置した。興行的には大変な公演ではあったが、そのぶん、強く記憶に残る公演だった。そんな時代の記録として『獄窓の雪―帝銀事件―』を上演した時に劇場で配布した公演パンフレットに「雨の日の劇場」と題して書いたご挨拶文をご紹介する。

ご来場ありがとうございます。

「本当の観客は、雨の日に劇場に足を運んでくれる客だ」

これはダスティン・ホフマン主演の『トッツィー』という映画の中に出てくる台詞です。八月にサンモールスタジオで「Crime 2ed ～贖罪編～」を公演した際にも同じことを書きましたが、この公演に足を運んでくれたお客様こそ真の演劇ファンだと確信し、深く感謝の意を表します。

本作は三億円事件を題材にした『好男子の行方』、吉展ちゃん誘拐事件を題材にした『夜明け前──吉展ちゃん誘拐事件──』に続く〝昭和事件シリーズ〟の第三弾です。

これらの作品は、現実にあった事件を題材に、事件を今までなかった視点で描く試みです。今回扱うのは一九四八年に起こった帝銀事件です。若い方には耳慣れない事件かもしれませんが、日本の犯罪史上、忘れることができない重要な事件です。

雨の日のご来場に重ねて感謝します。間もなく開演です。最後までごゆっくりとご覧ください。

＊

最後にこのように新しい戯曲集を世に出してもらう論創社の森下紀夫さんとこまごましたチェックをしていただいた編集部の森下雄二郎さんにお礼申し上げる。

二〇二一年五月

高橋いさを

上演記録

『獄窓の雪─帝銀事件─』

ISAWO BOOKSTORE vol.5

● 日時／二〇二〇年十二月十五日（火）～二十日（日）　※十二月二十七日にオンライン配信。

● 場所／サンモールスタジオ

［出演］

竹内／若松力

正子／石井玲歌

山田／児島功一

高木／板垣雄亮

吉田／菊池敏弘

居木井／モリタモリオ

トキ／上田尋

田中／松田真織

芳子／優木千央

平沢貞通／加藤忠可

裁判長（声）／高橋いさを

［スタッフ］

作・演出／高橋いさを

美術／いとうすずらん

照明／長澤宏朗
音響／宮崎裕之（predawn）
音響操作／渡辺望（predawn）
舞台監督／藤林美樹
演出助手／虻蜂トラヲ
制作助手／中村裕久・高野弘斎
音楽提供／日下義昭
ヘアメイク／本橋英子
宣伝美術／内田真里苗
写真撮影／原敬介
制作協力／サンモールスタジオ
協賛／ネクスト法律事務所
企画・製作／ISAWO BOOKSTORE

『壁の向こうの友人─名古屋保険金殺人事件─』
サンモールスタジオ　プロデュース「Crime 2ed ～贖罪編～」の一本として
• 日時／二〇二〇年八月二十六日（水）～三十一日（月）　※八月二十八日にオンライン配信。
• 場所／サンモールスタジオ
［出演］
原口／板垣雄亮
長谷／若松力

岡本／林田航平

［スタッフ］

作・演出／高橋いさを

照明／長澤宏朗

音響／吾犀秋吉（零's Record）

演出助手／目黒貴之

宣伝美術／内田真里苗

舞台監督／小林朝紀

方言指導・法律監修／平岩利文

協賛／ネクスト法律事務所

プロデューサー／佐山泰三

企画・製作／サンモールスタジオ

高橋いさを（たかはし・いさを）
1961年、東京生まれ。劇作家・演出家。
日本大学芸術学部演劇学科在学中に「劇団ショーマ」を結成して活動を始める。2018年に「ISAWO BOOKSTORE」を立ち上げて活動中。著書に『バンク・バン・レッスン』『極楽トンボの終わらない明日』『八月のシャハラザード』『父との夏』『モナリザの左目』『I-note 演技と劇作の実践ノート』『映画が教えてくれた――スクリーンが語る演技論』（すべて論創社）など。

※上演に関する問い合わせ：
〈高橋いさをの徒然草〉（ameblo.jp/isawo-t1307/）に記載している委託先に連絡の上、上演許可を申請してください。

獄窓の雪—帝銀事件—

2021年7月10日　初版第1刷印刷
2021年7月20日　初版第1刷発行

著　者　高橋いさを
発行者　森下紀夫
発行所　論 創 社
東京都千代田区神田神保町 2-23　北井ビル
tel. 03（3264）5254　fax. 03（3264）5232　web. https://www.ronso.co.jp/
振替口座　00160-1-155266
装釘／栗原裕孝
組版／フレックスアート
印刷・製本／中央精版印刷
ISBN978-4-8460-2057-6